石川信雄 全歌集

Nobuo Ishikawa

鈴木ひとみ 編

書肆侃侃房

石川信雄全歌集

もくじ

『シネマ』 5
『太白光』 43
『紅貝抄』 143
歌集未収録歌 175

戦地からの手紙　336
解題　346
石川信雄年譜　369
解説　380
あとがき　388

凡例

一、本書には既刊の歌集『シネマ』(茜書房、一九三六年)『太白光』(長谷川書房、一九五四年)及び未発表の歌集『紅貝抄』を収録した。併せて未収録歌九五四首を採録した。未収録歌は原則として年代順に並べたが、雑誌ごとにまとめた箇所はその限りではない。

一、著者は筆名として石川信夫を使っていたが、ここでの表記は石川信雄で統一した。それは一九五二年に企画され未完であった著作集三巻(『歌集』と『評論集』)が、『石川信雄著作集』と題されていたことに依拠する。ただし引用文中の名前表記は原文に従った。

一、『シネマ』と『太白光』は初版を底本にした。旧字体と新字体の漢字、旧仮名遣いと新仮名遣いが本書には混在しているが、原文を尊重しそのままとした。明らかな誤字・誤植・脱落等は訂正した。ルビは原文に拠るが、編者が追加したものには()を付した。

一、著者による詞書は、歌の末尾に()で追記した。

一、初出の歌を優先して載せなかった場合は、解題で説明した。

一、現代では不適切とされる表現があるが、時代背景を考慮し原文のままとした。

一、手書原稿から清書した歌は、「紅貝抄」「かそかなる國」「主治医」(一九六四年八月号用の原稿)の三点である。

一、未収録歌のうち資料的価値などを検討し、重複・異稿(ヴァリアント)を残した箇所がある。

一、本書を編纂するにあたり、著者による発表の意志が見られない下書きやノートに書かれたものは割愛した。なお出典が未確認のものには触れていない。書誌情報は本書刊行日までに確かめられた資料に基づく。

『シネマ』

Poèsie
tankiste

花

春庭《はるには》は白や黄の花のまつさかりわが家《いへ》はもはやうしろに見えぬ
白鳥の子をかばふため家鴨等に棒ふりあげるこどもでありき
白薔薇《しろばら》のをとめとわれはあを空にきえ去る苑《その》の徑《みち》の上なり
すみれさへ摘《つ》まうとしなかつたきよらかなかの友よここに死にのたれゐる
われの眼のうしろに燃ゆるあをい火よ誰知るものもなく明日《あす》となる
駱駝《らくだ》等のむれからとほく砂原によるの天使らと輪踊《わをど》りをする
山の手の循環線を春のころわれもいちどは乗りまはし見き

スウイト・ピイの頰をした少女《をとめ》のそばに乘り春の電車は空はしらせる
壁にかけた鏡にうつるわが室《へや》に六年ほどは見とれてすぎぬ
窓のそとに木や空や屋根のほんとうにあることがふと恐ろしくなる
オレンヂやアップル・パイを食べさせるかの苦しみよここに見おくる
われつひに惡魔となつてケルビムの少女も海にかどはかし去る
やりとほす張り合のないひるすぎはハンガリヤの歌に皆くれてやる
羊等のなめ合つてゐる森のなか狼のやうにはしりぬけ來る
奈落へとわれの落ちゆくを手つだひしかの人よ今も地獄にすすめる

地下道にあふれる花等はればれとながれゆく先のみな見えてあれ
今日われはまはだかで電車にのりてゐき誰知るものもなく降《お》りて來ぬ
ラグビイの縞蜂のシャツを着たわれはすてきなてがみ書き送りゐる
ポオリイのはじめてのてがみは夏のころ今日はあついわと書き出されあり
何もののわれそそのかす赤の黄の花火をひるも夜《よ》もうちあげる
すなほなる羊等のいたくほめられゐる野の上の空にはげ鷹《たか》のとぶ
カツフエエを飲まねばならぬとはわれいはぬわれは珈琲でかた眼《め》失《な》くした
われのほかまだ誰も知らぬすばらしきわれを信じてわらはせてゐる

わが肩によぢのぼつては踊《をど》りゐたミツキイ猿《さる》を沼に投げ込む
剝製《はくせい》のカナリヤを鳴かせきき入れるシネマの女《をんな》ふと思ひだす
上野ゆきの電車に乗つたわれなれば窓外《まどそと》の春の街《まち》に見とれる
悪口《あくこう》の投げあふテエプ青に黄に入れまじる空に今は見とれる
すつぱりとわれの頭《かしら》を斬りおとすギヨテインの下《もと》でからからと笑ふ
嬰兒《みどりご》のわれは追ひつかぬ狼におひかけられる夢ばかり見き
黒ん坊の唄うたひながらさまよつた街《まち》の灯《ひ》のくらさ今もおもはる
はしり來る自動車のまへにわがからだ幾度《いくど》投げ出したわれかわすれぬ

シネマ・ハウスの闇でくらした千日のわれの眼を見た人つひになき
片づけてもかたづけてもつひに氣に入らぬ部屋のまんなかでくらくらとなる
すばらしい詩をつくらうと窓あけてシャツも下着もいま脱《ぬ》ぎすてる
世界ぢゆうが明るく見えるファレルの眉のあげかたもわれは盗める
あやまちて野豚《のぶた》らのむれに入りてよりいつぴきの豚にまだ追はれゐる

ポエム

à Samio Maékawa

レエルぞひにゐぞ菊の畑《はたけ》つくられある踏切番人はわれの伯父なり

しろの黄の花をちよいちよいと摘《つ》んでゆくわれはこの野をよく知つてゐる

メイミイの何をつげる眼か知らぬころどれくらゐ空のまつさをなりき

しろい山や飛行船が描《か》かれてある箱のシガレットなど喫《す》ひてくらせる

速力の落ちてゐる知るわれの眼は牝牛の乳をあたりにさがす

青い野にトンネルをうがつ阿呆等よわれはあちこちの雲をとらへる

われはもうボオ・ジユスト氏になりきつて名札もかいて門口《かどぐち》に出す
秋晴れの今日は祭り日サンドウイツチをひと箱買つてデパアトを出る
千日のねむりのあとで眼のさめし我れはねむるまも眼をひらきゐる
朝はやく出て來たわれはこの原のまつさをな空に額《ひたひ》をふれる
二十《はたち》からしたの少女《をとめ》をわれは好きまつしろい雲を見おくつてゐる
どれくらゐ青いそらだつて見るつもりしろいベツドにぐつすりねむる
銀鏡《ぎんきやう》はむかうの窓かけをうつしゐてわれは窓かけの前にぞ見ゆる
數百のパラシユウトにのつて野の空へ白い天使等がまひおりてくる

にこにことロビンの箱になにを書くわれは詩人といはねばならぬ
地のうへでたつたひとりともわが思ふ少女《をとめ》かも知らぬまだ知り合はぬ
あをい空のしたにまつしろい家建てるどんな花花の咲きめぐりだす
にがい草をいつかこんなにわれは食べ牡牛《をうし》のやうにもどしつづくる

ミセレニアス

底知らぬ空のまんなかに飛びおりる快さのほかはわすれはてたる
岩原のはてしない夢を見つづけるわれの怒りは燃えつくるなし
カナリヤを飼へる女給のまなざしを愛しゐしよりぞ百年は經《た》つ
あをあをと眼をくまどつた私窩子《ぢごく》等もわれにケルビムの眼《まなこ》をむける
空のなかをしろい火のはしる夢すんで花びらのやうな眠りがのびる

○

わればかり行く道知つた花畑《はなばた》のチユリツプの赤よ眼に見えてくる

疲れるとうつくしく見える街景色《まちげしき》見とれゐたわれの突きたふされぬ

鳩

à Mademoiselle X

てんてんとそこらあたりに散らばれる怖れほど赤き花束はなき
ガス栓の死をかんがへしこともある清らかさにぞ涙ながれる
花束につける一行のむづかしさクツクウの聲もいくたび聞かぬ
パイプをばピストルのごとく覗《ねら》ふとき白き鳩の一羽地に舞ひおちぬ
一日ぢゆう歩きまはつて知人《しりびと》にひとりも遇はぬよき街《まち》なり
花苑のやうな合唱の波のなか舌足らぬ聲を探しはじめる

新聞よ花道よ青いドオランよパイプよタイよ遠い合圖よ
明日《あした》から輕い眞白なきものきて駈けめぐるべきはいづこにあらん
ギイヨオム・アポリネエルは空色の士官さん達を空の上に見き
砲彈に生命《いのち》うしなつたひとびとを悼《いた》むのもやめてチイズを食べる
八方へうすあかい手をのばしゆくアミイバを見るはたのしくあり
鏡のなかのわれの瞳の大きさよ何てうすぐらいあの空かしら
水の音を聞いただけでもこころ浮く五月六月にまた早くなれ
テキサスの方言を學びゐたるころ夜もすがら起きて晝をねむりき

今宵《こよひ》また世におとなしき人人はプログラムなどを手にしてあらん
すぐにもう打明けたがる若者と交はりを絶ちて今此處にある
畑に野に青じろい脊をぬひあるく蛇ら積みかさね火をはなちやる
人影のまつたく消えた街のなかでピエ・ド・ネエをするピエ・ド・ネエをする
人間のたのしみからもうこんなにも離れて來てるさびしさもなし
ああまたもエクレアかお茶かアブサンかもう旅に出る氣さへ起らぬ
プリマスが流して來れば飛び乘つてもう何處《どこ》へゆくわれさへ知らぬ
うすあかいカアネエシヨンの花束も河に投げすてぬ何がためならん

白雲《しろくも》の上飛んでゐる裸か身はとりどりの地の色うつしゆく
かなたから手はかざされぬいつかわれ眞白い花のきもの着てゐる
あの日われ微笑みを見せぬ今もまたほほゑみてゆかば殺さるならん
地にふれたかの青き鳩のかなしさよおもかげを手にのせてさすれる
ガルボオがコオン・ビイフをすきなので赤黑《あかくろ》の罐をまた買ひに出す
星といふ名を持つた花のまなざしが十三日ほどわれくるはせる
アブサンに口を燒くころ瞳孔のひらいた少女《をとめ》わが前にゐき
すはだかにならうと決《き》めた眼の前に街が木が顔が起きあがり來る

大きなる星のなかでも大いなる星がある夜夜《よよ》空にあらはる
帽子からタイから靴から下着からこのつぎは換へて來なければならぬ
ひとびとの寄つてたかつて投げつける黄の花のしたにうづもれて伏す
くらくなればタイトルがそこに映り出す見よ文字らが瞬《またた》いてゐる
何といふひよろひよろとした口笛かもう眼ばかりでくらやみをゆく
ま夜なかのバス一つないくらやみが何故《なぜ》かどうしても突きぬけられぬ
コツペエを抱いてかへるたのしさよ少女等《をとめら》は白きマフラアをせり
壁のうへの銀の鏡からわが室《へや》をうらがへした室のうつくしさ見る

ポケットをガムやショコラの色紙でいつぱいにしてたくるしみもあり

銃剣をぴつたりとつけわが敵のやさしさにそつと微笑《ほほゑ》みもせぬ

空の上にもひとりのわれがいつもゐて野に來れば野の空あゆみゐる

自らをポケットのやうに裏返しわが見せし人は今どこをゆく

大好きな身ぐるみもここにぬぎすててまつさをな水に飛び込まうとす

戰ひのほかにたのしさも今はなく手のとどく木木の枝を折り取る

どの店のガルソンもマッチを二つづつくれる不思議さをかんがへて見る

かなしみにひびが入つてはと眼も口も耳も閉《と》ぢてゐた十八なりき

數知らぬ色花をちぎりばらまいて空をすかし見るすさまじきなり
生命《いのち》さへ斷《た》ちてゆかなければならぬときうつくしき野も手にのせて見る
灰色の空にいつぽんの樹木生《は》え見る見る枝葉《えだは》ひろげはじめる
ロンバアドのブロンドについて三日ほど彼はあたまを傾けつくす
鏡取りふとよく見れば木や海やわれならぬしろい笑ひもとほる
何といふはでなあやまちをしつづけるかれもあれだけの花で飾らる
ひと切れの肉をつまんでは皿さげたあの頃のわれがすでにわからぬ
白薔薇《しろばら》にうすあをい影の射してくるあけがたに堪へる友らを知らぬ

かたはらに白きまぼろしのふと立てるかかるしづけさはいまだかつてなき
夜なかごろ窓をあければ眼《ま》なかひの星のおしやべりに取りかこまれぬ

○

髪の毛に手をあてる遠い合圖からうつくしいわれの日が明け暮れる
スポツトで追はれてるやうなはにかみよ今日もあてどない街のさまよひ
かうもりのぐるりの雨はまつくらな空いつぱいに音立てて降る
灰色の椅子のねむりよりさめたとき青いこゑごゑは埠頭《はとば》から來る

エピロオグ

本歌集に収容した短歌は、昭和五年の秋から翌年の秋にかけて作つた、まる一年間の作である。百二十三首と云へば、一歌集の歌數としては少い方だが、この方が助かると言つてくれる人もあると思ふ。

元來、この歌集は昭和六年か七年に出版されるやうに準備せられてゐたものだが、それが今日にのびたのには、色々と愉快ないきさつもある。然しその事には今は觸れない。

世に出なかつた「昭和六年版」の「シネマ」の裝幀は阿部金剛氏におたのみするつもりであつた。そして中河與一氏から同氏に下話をして頂いた。又中河氏は第一書房から出すやうにしたらどうかと言つて下さつた。當時、短歌がわからないと言つてゐられた長谷川氏の所から、今日、短歌に關する全集物が出ようとしてゐるのを見るのは、僕には興味が深いのである。

「シネマ」の短歌を作つてから、即興作以外に、僕は一首も歌を作つてゐない。これは僕が、以後、散文の物語を書かうと志したことに主として依るのだが、その外にもいくつかの原因がある。

僕は歌をやる位なら、思ひ切つた――と云つても、短歌そのものや藝術そのものからの逸脱は困るが――革新をやるのでなかつたらよした方がいいといふ意氣地がある。ところで新らしい藝術とは畢竟新らしい性格の結果であり、新らしい性格とは新らしい生活から生れるものであるとしたら、僕等がずばぬけて嶄新なポエジイを創造するためには、今までに誰もが持たうと企てなかつたやうな生活を生活しなければならないのだ。この生活といふ意味を單に外面的に取つてもらふことは、やつぱり、困る。このやうな時、生活に於るあらゆる部面は悉く新らしくすぐれたポエジイを作らうといふ目的に隷從せしめられ、僕等は四六時中、ただ歌のことのみを考へてゐなければならぬ。そしてもし、僕等に一生食ふに困らぬだけの資財があるか、詩のためにのたれ死にしてもいいといふ悲壯な決心がつかない限り、かうした獻身的生活は、決して永續きがしないのである。僕の場合は、かういふ事情のほかに、詩もやりたい小說も書きたい商賣もやつて見たいといふ性來の多情が働らいてゐたのであつた。

生きること――これは暮らしを立てるといふこととはちがふ――と歌ふことで一杯であつた當時の僕には、僕が如何に生きようとしたかとか、どんな風に自分のタンカを作りあげたかといふ消息について詳しく說き明してゐるひまがなかつた。それ故歌集を出す時にこそ、僕の詩歌觀や詩人的態度をそのなかにぶちまけた一文を書き、それを以て序文に代へようと意氣込んでゐた。その文章の題は「ポエジイ及びポエジイ・タンキストに關するドグマ」と名附けられるはずであつた。

「シネマ」の歌は、雑誌「短歌作品」に掲げられたものだが、以來――「カメレオン」から「日本歌人」の現在に至るまで――僕はグルウプの中で、評論の方を受持つてゐる。この間、一般論や作品論人物論のなかで、僕は先年以降の自家の詩歌論や詩人觀を、適時に吐露しつづけて來たのであつた。そしてこの事は大いに僕の鬱憤をはらしてくれたと同時に「ドグマ」を書くことを不可能にした。或ひは、さうすることを、不要にしたと云つてもいい。

僕が現在の歌壇とその諸流派についてどう考へてゐるか、僕がどういふ風にして僕等のグルウプを守り立てることに努力し、その主張を組立てたり實踐したりして來たかについてはここでは說くことをやめる。僕は唯、僕の一般論が書き殘してゐる自家制作の個人的契機について、少しく書き記しておきたいと思ふ。

僕等がタンカを作るのは、その規則の嚴格とそれが傳統的形式詩であるが故に洗煉され切つたその姿態に魅惑せられてである。

規則の抵抗は、僕等の力を振ひ立たしめる。そしてこの抵抗を持つものにぶつかり、一旦それに從ふことに依つて、それを制御し去る時のよろこびは大きい。

藝術家といふ人種は、多かれ少なかれ、現實狂である。そして馬鹿でなければ、きつと彼は絕望せる現實狂となるのである。現實は決してその儘、捕へ得るものではない。(ボオドレエルの「藝術家の告白」を見よ)大部分の現實家とは、笑ふべき現實の贋造家であり、みぢめな現實的破片の蒐集家にすぎない。

ここに詩的現實性の問題が登場する。詩人は現實を觀、それを摑む。だが、彼はその觀照し把握したものを、そのまま再現しようとはしない。彼はその手に入れた現實的世界を全く彼獨特の神秘なやり方で、全く新らしい一個の世界にまで組立て直す。ここにでき上がつたものは、再現派の眼からは怖ろしく非現實的に見えるのだが、同時にそれは、現實よりも現實的であるとすら、具眼の士からは見えるのである。現實の骨髓とその樣相の特徵とを熟知する詩人が、もつとも生き生きと想ひ浮べた「超現實的」心象こそ、人類が表現なし得る最高のレアリテを持つあるものである。かくて詩的現實性とは、同時に、非現實的であると共に、極めて現實的なものであると云へる。ピエエル・ルヴエルデイが、ポエジイとは現實と非現實の中間に位置すべきあるものであると云つてゐるのに符合する。

一方詩人には現實をなぞらねばならぬことを――現實に屈從せねばならぬことをといつてもいい――屈辱であると考へる劇しい氣魄がある。詩人とは一個の理想家である。彼は常に最高至上の狀態を夢想し、よりよき世界を欲望して羽搏く。その理念とその欲望とは彼自身の精神と生活に始まつて、眼前に展ける感覺的世界を包含し、更に彼を取卷く人間共の心性的、道德的世界のすべてにまで關係する。いつもより良きものを意慾するこの反抗家にとつて、現在するものは嫌厭と侮蔑の對象ならざるはない。かくして、彼は怒り、嘆き、絕望し、希望し、意慾し、創造する。これが詩人の歌といふものである。

「シネマ」の時代の精神狀態《エタ・デスプリ》と生活とを報知するには、一篇の物語を書く方が適當であるやうな氣がする。そのわけは、あまりにこみ入つた、しかしながら話し出したら途中では打ち切り難い事情がそこにはあつて、しかも、さうした經緯を明瞭ならしめる爲にはずつと以前まで年代を溯る必要さへあるからである。

簡單に記せば「エスプリ」を出した頃、僕はひどい情調家であり、ニヒリストであつた。そしてさまざまな契機から、この情調家は、一躍して積極的、主智的、意慾的な實行家となつた。或ひは、ならうと志した。「ポエエム」はかうした時期の抒情詩であつた。それ故、ここでは、覺悟と希望とが一連の主題であるやうに思はれる。

如上の決心と計畫とが、その實行の途上で、一時行詰つた。この時、眼は後方に轉ぜられて、既往への批判が始められた。「花」の一連は何となくしかめ面をしてゐる。「ポエエム」に希望と愛とがあつたのに對して、ここには憎惡と嫌厭と憤怒とがある。

「鳩」について語るのは困難である。この鳩は傷いて墜ちようとしながら、なほも中空にあこがれつつ、必死に羽搏いてゐる一羽の鳩だ。どうも――それ以上のことを話したくない。少くとも、もうしばらく白狀することをかんべんしておいてもらひたい。この作は「ポエエム」以來の意慾と計畫の結果である「大事業」或ひは「一大冒險」決行のあとで作つたと言へば、いくらか詳しく說明したことにならう。

「ポエエム」の中で、僕はイマアジユを非常に重んじてゐる。しかし、この映像世界を僕は單純な、明るい、生き生きしたものにまで設計してゐる。「花」ではいくらかタンカとしての格好をつけようと試みてゐる。この試みはイマアジユを殺してゐるかも知れない。「鳩」になると、歌はうとする欲求の強さから來たのだと思ふが、個々の事物の映像を美しく書き出さうとするより、純白な或ひは幾分の紅味や青味を持つた大理石の上に、言葉を彫りつけてゆかうとした所がある。

總じて、僕の歌は、未來の計畫が立てられ、希望が生れ、心に豫想と期待とが充滿する時、湧然として口をついて出るあるものであつた。そしてかういふことは、僕が自らの現在に不滿と嫌厭とを感じ、奮然として立上らうとする時に起つた。この時、僕はまるで死の一分前の人間であるかのやうに、生誕以來の生涯のあらゆる場面を想ひ浮べては、愛と憎惡とを以て、それらを批判した。もう一つ、非常に強氣になつてゐた時代のこととて、絶望と悲嘆の二つは、當時、僕の詩題には入り得なかつた。

上述のやうな昂奮の時といふものは、さう始終あるわけがない。だから、大まかに言へば「シネマ」の一年に、僕は三度作歌したのにすぎないのである。そして、この稀有な詩的昂奮の瞬間に、僕は一時期のあらゆる感情と思考と經驗とを呼び起した。それらのものは「あこがれ」なら「あこがれ」、「憤怒」なら「憤怒」のエモオシヨンの波に乘せて、押し流されるのであつた。

僕は鐵瓶を分解することを嫌つた。そしてすぐに茶碗に移ることを主張した。又、猫と云つただけで猫をほうふつさせねばならぬと云つた佛蘭西人の言葉をよしとした。

僕の題材はあひびきの一場面の再現的描寫ではなく「あこがれ」なら「あこがれ」のエモオシ

ヨンの波にのつて押出される心象風物であつた。再現しようとする必死の努力も、現實の大部分を逸し去るものである。それ故に、現實から獨立した一個の生き物を創造しそれに依つて現實を想ひ出させる方がいいのだ。かくして、僕は一つの題材に關する歌は一つあればいいと信ずるやうになつた。俺達はもつといそがしいのだ。二つ三つになることがあると、それらを遠くに引きはなしておいた。まるで毛色の變つた題材の歌を隣り合せにをくことを僕は好んだ。

やらなかつたことのないことをやつたと歌つたのは、やるべきであつたと信ずるが故であり、やつてしまつたことをやらなかつたと歌つたのはやつてはならなかつたと考へた故であつた。又、やりたいとかやらうとか考へてゐることをやつたと歌ふことに依て、實行への決斷力を激勵したりした。

意味の飛躍と映像の强引な結びつけ。それは驚かすことによつて、讀者の感受性を生き生きとさせるためである。

ミステイフイカシヨンは、羞恥から來る。それは又、煙に捲くたのしみでもあり、自己防禦の意味をも持つものだが、より一層現實を超克し、超現實的境地を設定しようとする心理作用である。このやうな動機から、僕はメタフオルを多く使用することになつた。僕は現はれた一首の背後に、もう一首の歌を隱してをくことを好んだ。上べは映像詩である一首のうしろに、抒情詩やモラルの詩を、伏兵のやうに伏せておいた。

短歌のやうなきまつた形の詩を、引續いて永い間、作りつづけるのは、苦行かも知れない。散文詩もかき、自由韻文も書き、長歌も作り、そしてタンカも作るといふ境地が理想ではないかと思ふ。

でなくとも、しよつちゆうつづけさまに、歌ばかり作つてゐなくてもいいわけである。さういふ風にしさへすれば、自由律短歌の制作などといふ愚行に陷らなくても、すむのである。

もつとも、長く書いたのだが、以上のやうにちぢめた。最後に考へるのは、僕はもつと「シネマ」を早く出すべきであつたといふことである。然し、それは仕方がなかつたのだ。

あれから隨分色々な眼に會ひ、さまざまな想ひを經驗して來た。

あの當時の僕と現在の僕のちがひは、夢と豫想に醉ふ倖せを持つてゐる人間とそれを喪つた人間との相違である。

題名の由來は、前に記した情調家の時代に、他の人ならお酒を飲む所を、シネマを見ては我を忘れてゐた經驗を紀念する意味であるのにすぎない。そして映畫は後續するさまざまな時期を通じて、僕にとつては、不可缺のコンソラシヨンであつた。ゲエリイ・クウパアのお尋ね者映畫などを見ると、三日位は、彼とそつくり同じ顏附や身ごなし――をしてゐるつもりであつた――で、街を歩きまはつたりしたものである。

終りに、「麥」以來、「稻門歌人」以來、そして「エスプリ」以來の同行や先輩諸氏に御厚誼と御示教を深く感謝する。

僕には、まだまだやつてのけたいことが澤山ある。

昭和十一年九月六日

僕が「シネマ」にあるやうな歌を作るやうになつたのについては、詩論的にはジヤン・コクトオから、人間觀に於てはスタンダアルのお蔭を非常に蒙つてゐる。自分の傍に生きてゐる人間としては、前川佐美雄氏の鞭韃に負ふ所が多い。

それから、僕等の運動が、文壇の「新興藝術派」及び詩壇に於る「詩と詩論」一派に依て紹介せられた佛蘭西現代派の刺戟と示唆とを受けたことをも併せて附記する。

九月十二日

石川信雄

「シネマ」の校正をしながら、思ひついたことを二三記しておきたい。

第一に「花」が他の二連とくらべて著しくちがつてゐるといふことである。「ポエエム」と「鳩」にある愛の代りに、こゝには憎しみがあることから來てゐるらしい。「ポエエム」に來るとほつとする、心が明るくふくらんで來る。松本良三の「飛行毛氈」がおしまひから逆に頁を繰つてゆくと面白く讀めるやうに、この本は「ポエエム」からはじめてしまひまで讀みつづけ、最後に「花」を讀むと、おなかに入りやすいらしい。

僕が素朴な意味での寫實主義者になれなかつたのは、僕等人間には到底現實そのものを捉へることはできないといふ絶望的諦觀以外に、小さな窃盗者にはなりたくないといふ大袈裟な氣持が働いてゐたのだ。世界のすべてを寫し取るのでなければ――そしてそんなことはできない相談だが――寫し取る方はよすのに越したことはない。そしてその代りに、自分一個の主宰する詩的レアリテの世界をだんだんに擴げてゆくこと。かういふ考へ方は考へつめたレアリストの考へ方ではないかと思ふ。

「猫」といつただけで猫をほうふつさせるには、もつともいきいきと猫を想ひ泛べ、それを生動させてゐなければならない。さうすると前後の關係で、自然に猫がほうふつして來るのである。

僕は骨折つて映像を喚び起したり、氣持を言葉に云ひ現はしたことはなかつた。言葉も映像もぽかりぽかりと自然に泛んで來たものを捉へて、歌に作つた。僕は無理に新らしいポエジイあるひはタンカの世界を構築しようとはしなかつた。寧ろ、骨折つたのは、新らしい氣持で新らしい生活をしようと務める方面に於てであつた。

僕は人のやり方を自分に強ひられるのもいやだが、自分のやりかたを人に強ひるのも嫌ひだ。

それから「エピロオグ」の中に、「短歌作品」以前の作品から「接吻」と「夜の一聯」を拔ひて思ひ出の料としようとしたところ、「接吻」があぶなくはないかといふ注意があつたので、涙をふるつて削除した。この作品はこれが仲立となつて筏井嘉一氏と識合ふやうになつた紀念の作でもある。

十月十八日

石川生

補遺

一、この歌集には口繪と挿畫が一枚づつ入つてゐる。口繪は映畫「詩人の血」のスチルで寫眞の主は同映畫の原作兼演出兼主演者ジアン・コクトオ氏自身である。

一、挿畫は同じ詩人が畫家のピカソや作曲家のサテイと一緒に拵へたスペクタクル「パラアド」の一場面で、可愛いフイメエル・ダンサアはネムチノワだ。もちろん、彼女はニジンスカ女史の露西亞舞踊團の一員であつた。

一、この歌集の出版については、前川佐美雄氏の配慮に負ふ所が實に大きい。序文を書いて下さつた平田、中河兩氏は勿論、田中武彥、村上新太郎、早野二郎、中田忠夫、安達元信、田島とう子、狩野近雄の諸氏にも、大變御世話になつた。記して謝意を表する次第である。

『シネマ』口絵

『シネマ』挿画

序

前川佐美雄
平田松堂
中河與一

とうとう『シネマ』がこの世の光を浴びる日となつた。著者石川信雄は勿論であらうが、私にしてからが幾多の感懐なきを得ない。

本來なれば昭和六、七年の頃、この歌集は出版せらるべき手筈であつた。それが今日に立ち到つた理由に就いては、改めてうちあける興味はない。然し、彼に六分の責任があるなら私にも四分の責任はあらう。それほど彼と私との間は接近してをり、且つ交渉はま深いのである。

彼と知り合つて既に十年に庶い歳月を經た。それは決して短かしとしない。その間にあつて彼と私とは宛然一つあつて二つなきものの如くに生きのびて來た。從つて彼を理解すること、私以上のものが他にあらうとは思へぬし、反對に彼を解らなくなつてゐることも、また私より甚しいものはなからうと思ふ。かういふ立場にある私が、いま彼の歌集に序を書くことは、極めて適當なやうでありながら實際は頗る不適當なやうに感じる。それも石川信雄論といふやうなものなら別だが——そしてそれは私の必ず決行すべき義務ではあるが、ここでは心やすく褒めるにしても何んとなくぎごちなさを感じないわけには行かぬ。

だが、この歌集は彼の現在の作品ではない。現在の彼は、この歌集の作品以來ぷつつり歌作を中絕してしまつてゐるのである。昭和七年この方、一首の作品も成さず、それこそ文字通り一首の作品さへないといふのは、これはいつたい何んであらうか。然も彼自身は倦むことなしに評論文を書き綴り、最近筆は愈々冴えつつあるが如くに見うけられる。このやうな事情は、少くとも今日一般の歌人にあつては不可解と見えるに相違ない。

何故歌を作らないのであらうか。これが今日の彼に投げ與へられる疑問である。だが、石川信雄の資質は、さういふ世間の一般的常識の尺度によつては測定し難いのである。

春庭は白や黃の花のまつさかりわが家はもはやうしろに見えぬ
あやまちて野豚らのむれに入りてよりいつぴきの豚にまだ追はれゐる
しろの黃の花をちよいちよい摘んでゆくわれはこの野をよく知つてゐる
にこにことロビンの箱になにを書くわれは詩人といはねばならぬ
ガス栓の死をかんがへしこともある淸らかさにぞ淚ながれる
パイプをばピストルのごとく覗ふとき白き鳩の一羽地に舞ひおちぬ

新聞よ花道よ青いドオランよパイプよタイよ遠い合圖よ
あの日われ微笑みを見せぬ今もまたほほゑみてゆかば殺さるならん
ま夜なかのバス一つないくらやみが何故かどうしても突きぬけられぬ
生命《いのち》さへ斷ちてゆかなければならぬときうつくしき野も手にのせて見る

これら未曾有の作品が、その頃の彼によつて歌はれたのである。優しくして逞しく、新しくして含蓄があり、すべて抒情詩の本領を遺憾なく發揮しえてゐる。然もかかる作品を一氣に展開しうる彼の頭腦といふものは、恐らく今日稀有の存在と見られるものだ。さういふ彼の資質が、この歌集に於いて一つの頂點——これまでの歌人の何人もよく辿りつけなかつた、全く新しい一つの頂點を極めさせたのである。これは祝福されなければならない。にも拘はらず、彼はこの頂點から更に次の頂點に至りつく爲の恐るべき準備をなしつつある。こゝ數年間の作歌休息期が正しくそれだと考へるのは、單なる私の思ひ過ごしであらうか。『シネマ』の出版を機として、石川信雄の頭腦は再び猛烈なる廻轉をはじめるに相違ない。それはいつの日のことであらう、そしてそれはどんな作品であらうか。激しく待望されてならない。

昭和十一年十月奈良にて　　　　前川佐美雄

序

「日本歌人」に加はつて、初めて知つた氏ではあつた。然しその時から、きつと獨自のタンカを有つてゐる氏だと思つた。私は氏を好くやうに其タンカを好きだ。

現實の中からなにかを摘み出す。さうして其れをそのまま掬ひ採らうとする。又手のどこかに破れたところがあつて、もう魚は遁げだしてゐる。現實であれ、現實であれと思ふが、現實らしくして現實ではなかつた。新らしい機智はもう幻想の世界に、すべてをひきずつてしまつてゐる。是れが氏のタンカの座標である。

面白いと思ひ、巧いと思ふ。しんみりとさせ、うつとりとさせる――やつぱり氏の發見した詩がここにある。眞のタンカの本領も、あゝここになくてはならない。

昭和十一年夏日鳴鶴山荘にて

平田松堂

備讃瀬戸を扼してゐるジョウケンボ鼻に私は今起居してゐる。ここは昔の海賊城の跡で、この異數の風景の中にあつて石川信雄の歌を讀み、眼下を通過する無數の船體を眺める位幸福なことはない。船の通過は晝から夜にかけて止まることを知らない。

夜なかごろ窓をあければ眼なかひの星のおしやべりに取りかこまれぬ

私はふとして斯くの如き狀態に屢々をかれる。忽然として咫尺の事を忘れて空に吸引せられるのである。

しかも石川信雄は星のまたたきを、おしやべりと考へて、夜の精氣を寫し取るのである。だいたい彼の歌くらゐ表出に含蓄のあり、精神の淋漓として鮮麗な歌はない。三十一字の歌が持つてゐる自由さは、夫々の作者の個性に從つてゐるが、しかも斯の如きはだつて新しく生かしてゐる作者は當代どこにも見當らないのである。

短歌作者が夫々に行つてゐる試みを絶えず私は周圍に見つづけてゐる。だが、それらの多くは散文の眞似事であつたり、詩の切れはしであつたり、細工の跡の見えないものは殆どない。然るに石川信雄のみは、眞にスポンタニアスな資質を以てそれらの歌作者とは全く異つてゐる。

彼と同姓の啄木なども一つの境地を開いてゐる意味で、一人の英雄に違ひないが等しく石川信雄も彼の如く獨自の詩作術を持つてゐる高邁の作者である。

嬰児《みどりこ》のわれは追ひつかぬ狼におひかけられる夢ばかり見き

あやまちて野豚らのむれに入りてよりいつぴきの豚にまだ追はれゐる
すばらしい詩をつくらうと窓あけてシヤツも下着もいま脱ぎすてる
われればかり行く道知つた花畑のチユリツプの赤よ眼に見えてくる

我々は何も新らしくばかり見る必要はない。屢々それは青年の徒事に終つてゐることがある。然し彼の場合は、多く、それが生きて働らいてゐる。一つの深さに至つてゐるからである。すぐれた藝術家がさうであるやうに常に彼は輕佻でない。一つの複雑さを持つて世界を見てゐる。何人も歌はなかつた題材を、全然今日の歌とは違つた感覺で捉へて歌ひながら、それが落ちつきを失つてゐない。これひとへに彼の藝術觀によつてゐるのである。彼の趣味は新らしく、だが同時に常に古典に出入してゐる。

この點でこの歌集が現代に持つてゐる意味を、充分に私は理解するのである。

私はこの海闢の城砦に立つて以來、一層今日の藝術をきびしく眺めてゐる。然し石川信雄の歌の如きは、私の喜んで通過させるところのものである。

彼の今後の方向に就ては知らぬ。然しここに見られる上等の素質は飽くまでも大切にせられねばならない。

八月十七日

中河與一

『太白光』

紅葉信抄

歸鄉

二十年秋復員、故園にかへる

國やぶれ山河《さんが》ありけり背戸川《せどかは》のたぎちを染むる秋の日の色

國やぶれ山河のもみぢかくのごと紅《あか》かりしかやとおどろきて見つ

高倉ゆ入間野《いるまの》を見ればもみぢ葉のくれなゐばかりいつはりはなき

この土に八千萬が生きて行くすべありと聞かば眉もひらかむ

日本を信じけむひとを思ほえば額《ぬか》うち破りわぶるも足るまじ

野を望みて

稲荷山公園にて

關東をおほひせる雲の裾切れつ光にうかべ北よろふ山
關東の北霽《は》れしかど日に透《す》きて赤城の胸につけるしらくも
入間路《いるまぢ》を北せし人ら杖を止《と》め眼《まみ》あげしときも在《あ》りけむその山
入間路を徒歩《かち》せるひとの眼交《まなかひ》に赤城も秋は照りくもりけむ
關東の霽れたる空の乾《いぬゐ》にてきれぎれの藍は妙義の波か
笠山に雲突きいでてかがやくとしまらく見ねばはやくづれける

秩父根《ちちぶね》のふもとに襟を合せける名栗の谷は開《あ》けまく欲しき

戈壁《ゴビ》にして石を拾へるも夢なれや狭山《さやま》ケ丘にもみぢ葉を採る

打木村治に與ふ

日本を狭しとわれはさげすめど武藏野のをちにけむる下總《しもふさ》

秩父根にひとつぬきんでて美《よ》き山を武《ぶ》に甲《こう》たりとほむるも小《ち》さき

關東の秋を望めば街《まち》は飢え田舍《ゐなか》は飽きし黄緑《くわうりよく》の圓《えん》

善よりは惡にかたむける人間《ひと》を載《の》せ我が圓球《えんきゆう》は虚空《こくう》を旅す

狭山より武藏を見るに引力が下より引ける野はひき緊《しま》る

黄なる野にいで行く川を秩父根の端山《はやま》に立てば見送るこころ

幻滅

今の世はさきはひなしと天《あめ》にしてくれなゐかかる高麗谷《こまだに》に入る

邦《くに》おもふわれにはあらじもみぢ葉に狂ひてすぎむ夕日さすまで

永遠のをとめも夢と知りしゆゑ夕日さすときのもみぢに如《し》かじ

心なし雨降りくればいち早く谷川は秋の血しほをながす

痛ましくされど美《うつく》し風ながら雨打てよ打て峽間《はざま》のもみぢ

紅葉炎

あらむかぎり紅《あか》く美しくあらむとする野の昨日今日《きのふけふ》のただならぬかな
あはれ今日われ何をかなせる武蔵野《むさしの》は草木《くさき》ことごとく火と燃ゆるもの
常にあらぬ希《ねが》いかあらむそをば告げよ韓紅《からくれなゐ》に燃ゆるむさし野
武蔵野にくれなゐ燃ゆる今のさまは心に秘《ひ》めよ日のひかりさへ
くれなゐのもみぢは未《いま》だ死せるにあらず死を見つめたるひたぶるの燃え
もみぢ葉の過ぎゆくと言はばもみぢ葉のからくれなゐに燃ゆべくあるらし
あはれいまだ戀の熱情のわれにありいとくれなゐの野づらを見れば

たはやすく心燃えたる若き日はもみぢ葉の紅《あけ》も眼に入らざりし
かのひとに焦《こか》れける日の吾《あ》がこころ今日のもみぢ葉といづれか燃えけむ
輕んじて今は言ひつつなほしうれしむ死なむとせしよ我が二十二は
くれなゐのむさし野をおきて眺むれば金色《こんじき》の靄に夕日おち入る

戀愛學

日のくれは背戸川の石も薔薇となる戀のまぼろしに生き來しわれを

きはまりて戀は男《を》の子《こ》らの幻想《げんそう》と二十年《はたとせ》をそに消《け》ちもちて言ふ

をみな子はつひにをみな子星に咲く花とも見てしさきはひとせむ

性にあらず結婚のためにしもあらずたぐひなきしびれ知るはすくなし

性の慾意識下《いしきか》に戀とひき裂きし我が若き日もあやまちならず

春の暴風雨

石原圓彌に招かれ、志摩に遊べるとき

鳥羽港を出づ

はやち來てかぎりなく白き波飛ぶをなほうつくしと漕ぎいでむとす

可武良古《かぶらこ》を間切《まぎ》らむとしてかなしきは若布《わかめ》刈るひとの振り向きもせず

答志島《としじま》と菅島《すがしま》の間《ま》に百萬のしら鳥立ちて西風《にし》吹きに吹く

大村島《おむら》小鷲《をわし》ケ鼻をすぎ行くと鷲こそ見えね波寄せに寄す

大村島小鷲ケ鼻の夢なれや音なく白く波くだけつつ

元浦に上陸す

はやてすと白馬《しろうま》飛べる沖つべは藍青《らんじやう》のながれ渚ぞ濁る

白馬の騒立《さわだ》てる沖の空にして岬より岬へ雲は飛びつぐ

白馬《はくば》する元浦の沖をゆく雲はオレンヂに光りかつ裂けて飛ぶ

裂けたる雲はやてに乘りてまたも來るに可武良古崎のみどりは濁る

元浦より阿良島へ向う

菅島と可武良古のひまゆ吹き入るるはやて眞向《まつこう》に阿良《あら》島を指す

まつこうに疾風《はやて》を浴びてなづさへば白馬《はくば》かぎりなき船尾《とも》の美《くは》しさ

はやての中かぎりなく白き火は飛ぶとむしろよろこべるおのれと氣づく

眞向より吹きあつる風に空《くう》に立てばへさきに打ち伏す重石《おもし》をいだきて

暗黑に光りつつ來るしぶきなりへさきに打ち伏しまた首を出す

波濤《なみ》の秀《ほ》にゆすり上げられて行くときもどんぞこはくらき緑と見たり
空《くう》にあげられ落されて水を打つひびき我が身も痛きあらしの舟には
空《くう》にあげられ波に沈みつつ舵を執る老いしをたのむわれらは若きに
はやちかぜ荒らぶる海をなぐりゆけばはてしよりはてしへ走りゆくしぶき
白馬《しろうま》する海しぶきをしぶき追ひゆけば志摩に荒れくるふ嵐も呼吸《こきふ》す
はやてしてしぶき飛ぶ海になづさへば菅島の裾はけぶりて見えず

阿良島にて

阿良島の入江に風がしきりに打つ投網《とあみ》のごとし我《われ》が一生《ひとよ》は
はやてしてふくるる海がをどり越す突堤《とってい》を走れ波と波のあひだ

鳥羽日和山

黄なる海にむらさきひろがりまたちぢむはやてして雲のあふらるるなり

鳥羽の平庭

鳥羽石原邸

春四月鳥羽の平庭《ひらには》に降るあられどうだんを打てば花にまぎるる

坂手島に渡る

薄紅《うすべに》の紗《さ》と張られたる空のもとを漕ぎもてゆけば海もうすべに
うすべににふくるる波を行きしかばをちかたの金《きん》は雲切るるなり
坂手島《さかてじま》花束かともおどろきつ魚《いを》入《い》れし籠とすれちがひしに
夕濱《ゆうはま》に兒《こ》がなぶりゐる鮟鱇《あんこう》のひたぶるの怒りすがしむわれは

四條大橋

前川佐美雄と奈良より京都に出づ

賀茂《かも》の岸柳にさくらまじらへば貫之《つらゆき》のこころほのぼのと見ゆ

前川と橋わたるゆゑ北山はそのかみの日の霞たなびく

春の暮れ四條大橋にぬばたまの闇のたばこを買えばうれしも

河原町蛸藥師に泊る

春の雨四條橋下をゆく水の黄ににごれれや揚子《ヤンツ》にあらぬ

長江《ちやうこう》は賀茂の幾倍かあるならむ肌荒き子に慣れしわれかな

ぬくき雨四條の橋に川かみの北山見ればしら雲降り居《おゐ》

東山に雨雲《あまぐも》まねくくだれるを四條小橋に濡れつつ見て居り

賀茂川の黄なるおもてを打つ雨のまばらにしあれや大きくうがつ

雨霽《は》れて四條大橋をわたるときみんなみの雲は光をはらむ

賀茂の岸柳の隙《ひま》にきのふ見しくれなゐの花はまぼろしならむ

圓山公園に行く

圓山《まるやま》は若葉木を照らす灯《ひ》のつけばこころも濡るる流れの音には

圓山に見あぐる藤のいまだしや五日月《いつかづき》あはれ光りそめつつ

上へ上へと新緑の襟ぞ合せゆく東山のここにやま水くだる

京にして戰前《せんぜん》の品を見てゆけば我が眼すらだにもここだく瘠せしか

青い花

街道の小石さへすらも洗われて眼に見えぬ酔ひはかしこの木から
秋となればば目さむべくありし青き花あちこちにめさめそれゆゑに秋
青く光る雲母《きらら》は池の底に遠いそれだからうす日のそらを見あげる
このあたり全體の空氣きれいになれば木《こ》の葉《は》にも土にも空のうつる秋
秋の水に子供立つてゐる波の輪がひろがつてゆき雲をくづす
眼を柔《やは》め肩から力抜いて見ている島國の秋やさしくデリカ
愛の眼に撫でられざりし一枚の木の葉さえもなし日本の景色

溪谷行

ひとり吾野溪谷に入りて

磁石《じしやく》もちて吸はるるごとく分け入ればミサンスロオプと告白すべき
彎曲し下降《かこう》する川を見おろせば水さえかなし片道ならむ
こごし岩にみどり双葉《ふたば》なすいのちあり悪《あ》しき見透しはいそぎすぎたる
「ゆくものはかくの如きか」
青谷川《あおだにがは》秋ひるすぎを流れやまず孔丘《こうきう》となれるわれ岩にあり
岩あれば岩をめぐりて流れやまずひとたびも空にをどることなし
岩くまに流れ寄りたる秋花は川かみにして誰《たれ》かさいなむ

斷崖《だんがい》のもとせせらぎの岸に野菊咲くこの谷でいちばんやさしきところ

何ゆゑに野菊は搖らぐこころの手その方へ伸びて抑えあえねば

こちら岸にかち渡れるにかみつ瀬の小瀧《をたき》のひびきちがひて聞ゆ

とことはに三尺《さか》の水をかくる小瀧ようやくにわれを激昂せしむ

まぼろしに千丈の崖《がけ》は裂けしめて川水落すあはれすがしさ

眼《ま》なかひの高麗谷《こまだに》の水さかしまに流せばうれしうつつならねど

時もまた逆《さか》ながれせむ高麗川の水幻想にかみへ流せば

水底《みなそこ》に石ありしかばその上に間《ま》なくしたぎつあはれその波

紅葉信

水富村遠望

朱筆《しゆひつ》もて一を引きたる片丘は孤立なる怒りくすぶる木のあり

羅曼亭附近

あるまじき紅《べに》かな墓地にめぐり立ち首かつ切れるうるし木のむれ

この夜ごろ天《あま》つ染料《そめしろ》のしたたれば先づ梢よりあからみにける

天國のペンキ屋バケツに蹴つまづきニッポンの野山目のさめる秋

春さへや花咲かしめず胸さきて血たるるまでか悔《くや》しかるべき

花咲かせしはもみぢせずと言ふしかはあれど如何ばかり春はくやしかるらむ

自らを抑えすぎけむ若き日は硫酸のごとし腸粘膜に

鵜ノ木山

日《け》ならべて色かはりゆく雜木道わが魂《たま》みだる朝な夕なに

女あり能衣裳《のういしやう》すとはつとおどろく黄褐林《くわうかつりん》内部うるしひともと

奇怪なりこの山の紅《あか》き若き目には見しおぼえなくて今向きあへる

小手指ヶ原

神無月《かんなづき》狹山をくだる小手指《こてさし》の西ははやくろむ東はいまだ

西所澤

池をめぐりときわ木粗《あら》し桑もみぢ金《きん》をふりこぼす畠が見える

日ざかりのもみぢ林にいで會へばをんなきちがひも性を刺戟《しげき》す

秋津驛

黄葉林《くわうえふりん》をめぐれる川あり雲をさへ映《うつ》してゐたり豊多摩《とよたま》に入る

久留米村

きはまれる紅《あけ》を見しゆゑいまだ美《は》しきもみぢが悲しすぎしものゆゑ

もみぢらのひと日《ひ》の時をつかれ來てまた照りぞあかるたまゆらの映《は》え

三ヶ島村

むさし野のをのもこのもにもみぢ森夕《ゆう》くろむときぞ死にかもまされる

黄なる葉のちりばめしごとくきらめけば光線分解し黄いぞ勝つめる

吾野溪谷

斷崖《だんがい》に杉ことごとく天《てん》を指せりひともとのもみぢまじらふゆゑに

子の山

子《ね》の山に濡れゆく紅葉《もみぢ》見おろせばせせらぎの音のわれ押しつつむ

鵜ノ木山

片丘にはじめての北風《きた》吹き入るとおもてより紅《あか》き葉裏をかへす

をそ秋は何かうす紅き夕靄にボオドレエルの凄き眼のくろし

瓶《かめ》にさすもろもろの木の葉散りしけば卓子《テエブル》の上をすぎゆくものあり

見わたせばもみぢも空にかへりけりむかしも今もそれからの度胸
見わたせば花ももみぢもなき空にありありとそれらを見ねばならぬ

私信

筏井嘉一氏に

今週もあだに過ぎしと日曜日ひのくれの菊に死ぬおもひあり

二週間書かずすぎしに書かずして一生《ひとよ》おはれるごとく思ほゆ

一週に二日書くことに用いゐてたづね來し人をほとほと睨む

文筆に生くると財を捨てしわれ生活《くらし》に追はれほとほと書かず

シャアウッド・アンダアスンを忘れ得ずマゴツイタ人と呼ばれしゆゑに

街上落日

I

日比谷交叉點にて

冬もかく光はげしけれ水撒ける日比谷十字路に西日わたれば
落つる日がドオンとひびくような光ながせば枯れ木のごときすら全部のびあがる
道路面《だうろめん》夕日照りかへす光のなか自動車《くるま》も外人も影にすぎず
世の中をわるしとひたに怒れどもわれまたひくし肉にありては
清《すが》しきらことごとくファイト投げうてば彼《か》のともがそをば掻きあつめける
闇師産をなせば非常に尊敬し失へばまた飜然《ほんぜん》と輕蔑するその心掛です

世紀の半ば、耶蘇《やそ》ニッポンに現はれ、また叛《そむ》かるべし、かく告げて大天使ガブルエル、窓よりかへる

我久しく巷に來らずして今非常に驚く水たまりの中にも街路樹あり

銀座四丁目

Semen が押すと言ひしか雲を見て巷にあるはすでに乏《とぼ》しき

五丁目

夕日さす煉瓦よここに絶えまなく過ぎゆきし「時」の霧かと見ゆる

昔ここに立ちけむ我と今のわれと細胞ことごとく代謝《たいしや》すあはれ

昔ここに立ちけむ吾《あ》をしおもふだに空空《そらぞら》しけれやなぎに夕日

空間《くうかん》のこの一點は經《けい》緯《ゐ》度《ど》上《じやう》うごかさりしがその上を絶えずすぎゆくものがありき

七丁目

七丁目横町《よこちやう》のどんづまり次の世《よ》にて薔薇色の狹き空に散らばる雲は金《きん》

八丁目

冬の日の銀座八丁目に落つるころ眼《まなこ》ありて見るものは見よエビスビイルのがらす

千疋屋《せんびきや》かゆきかくゆき灯《ひ》に光るどんな林檎でもわれより艶《えん》あり

スタアキングの内出血《ないしゆつけつ》したような心を見てゐるもろもろの色彩《しきさい》の聲高《こはだか》なるなかで

八丁目やせちまつた詩人と立ち話するときネオン點滅はじむとがつた頰の上に

日本劇場

日劇の側面を灯《ひ》にあゆみ行く今はかかるときおもひいづるのみ

II

水道橋驛にて

「自意識《じゐしき》の季節」後方《こうはう》に殘し來て夕暮の色ぜんぶ我は享樂する

プラットフオオムの圍ひに窓がある額縁《がくぶち》にするホクサイこの方《かた》の富士を入れて見る

九段を見るに料理屋大松閣白くあるに富士早く藍なり空焦《こ》ぐるゆゑ

下から上へ緋と金《きん》と淡緑《たんりよく》の區別《けじめ》ついて富士もあり暮れてゆく九段の空なり

飯田橋附近

高く低くビルディングすべて蒼白《さうはく》なるに西の方《かた》ばかり唯事にあらず

III

朝日新聞社の窓から

ビル街なり向ふ側に入る小路《こうじ》谷間と見るに突き當り高架線なれば電車左右より出づ

有樂町驛にて

光の文字《もんじ》生き生きと左へ流れゆくから直角する窓ガラスは右へ右へと流す

菊池寛忌

三月六日、毎日新聞社新館にて

高きビルに落つる日を高き窓より見る路上より仰ぐたぐひにあらじ

かかる我をやとひたまひける君ゆきて今後一千年やとはれざらむ

負けてやらうとして居《を》らるると知りしことも二三度あり先生と我の卓球

先生の足急にとまり裂きはなち我はひとり入りき一聯隊の門に

十號橋橋梁哨にたまひたる封書より出でし十圓札《いのしし》二枚

阿寒パノラマ

白木正一、早瀬龍江と北海道にあそべるとき

阿寒《あかん》の夏静かにさかんなり萵さへや噴泉《ふんせん》のごとく光をこぼす

クシロ路《ぢ》の谷の緑に眞處女《まをとめ》のふとももを見つ樺の木白く

やみがたく力我がうちに湧ききたり白樺の木の白きを欲す

傷つかぬ樺をこそ見むと來しかども既に裂けたるを悲しまむとす

大阿寒《だいあかん》外壁の夏にわれは悲しむ無傷《むきづ》なる幹の如何にすくなき

白樺のましろく圓《まど》き見るときに汽車に語らひし北見のをとめ

釧北《くんぽく》の峠に我はあつと叫ぶあつとさけぶことの如何にすくなき

雄阿寒岳、アイヌ名をポンネシリ・ヌプリといふ

「荘嚴」の理想《イデア》具現して濃《こ》みどりのポンネシリヌプリ白雲《はくうん》のもと

雄阿寒が天蓋《てんがい》となせる白雲《しらくも》のひるのかがやきぞ轟《とどろ》きにける

雄阿寒に正對《せいたい》し阿寒湖を瞰下《かんか》するこの峠火口環壁の高所

雄阿寒に天蓋となれるしら雲はむらさきをもちて緑に印《いん》す

針葉《しんえふ》の魂《たま》さへ天《あめ》にあこがると雄阿寒の肌をおほひてのぼる

釧北に沈默《しじま》すきとほり輝やけば頬白の聲ぞ縫ひとりにける

地球にてもつとも光るしらくもは阿寒湖岸《こがん》に亘《わた》る針葉の上

石狩野十勝野をすぎ嗚呼つひに驚きに遭ふか阿寒パノラマ

超現實の入口に立つと峠に見てその火口原《カルデラ》におり行くこころ

外輪山內壁《ないへき》をわれはくだりつつすでに逃走の心にあらず

名もをかし尻駒別《しりこまべつ》をすぎゆくときらめき笑ふ流れをわたる

アイヌびと樺の薪《まき》積むも愛《かな》しけれシリコマベツの川をわたれば

阿寒湖の岸

雄阿寒は雄山《をやま》にしあれや日もすがら巨大なる雲の額《ひたひ》を壓《あつ》す
阿寒火口原中央火口丘を悲しまむ最大の雲塊《うんくわい》のつねに屯《たむろ》す
雄阿寒にとなる低山《ひくやま》藍色と緑の縞やさし雲のあそべば
かかる華美《くわび》なる白樺のもとに野糞するわがくその匂ひなつかしみつつ
羊齒《しだ》のほとり白樺のもとにわがくそのイエロ・オオカに見ゆ振りかへるとき
ひとり來し故にやあらむくれなゐの實《み》をつめばうれし湖《うみ》のほとりに
湖《うみ》よりあがり濡れたる女石にかけそろそろこちら向くその脚ひらく

乾けるをんな湖《うみ》にあゆみ入りすぐもどる濡れたる腰を見せびらかして

佐美雄に與へて

いたつきありしとき

北空にかがやく山をよすがにて生きつぐと言はばさびしむらむか

白き山はるかに見つつたもとほるわれの生命《いのち》は衰弱しあり

雪載《の》する赤城を見つつたもとほる武藏の國は白梅とをを

雪しろき赤城を見ねば憂《う》かれども霞む日多し一月さへも

赤城根にむら山はあれど抜きいでし黑檜《くろび》は白しぬきいでしゆゑ

白根山《しらねやま》北ぞら深く退《しぞ》き立てば渦巻《うづま》けるごとし白の堆積《たいせき》

わが魂《たま》のややに荒《あら》ぶと白根山なだるるがごとき白雪《しらゆき》は見む

雪山に向きて默考すこの空にわれは夢織りぬきのふの日まで

すでに何の夢もあらざれば直向《ひた》ふみふゆの山をまぼろしと見む

春來ればいよよ暗みと歎かひぬ我が春の日のナルシスの花

花の幻

「妖艶調」をと徴せられて

さくら花現實《うつつ》に咲くとすでに過ぎし空の幻とまぼろしわれは

咲きさかる櫻のひまに透《す》く空の濡れてかがやくをこの年も見む

さくら今日をさかりと見れば落ちつかねその過ぎむことに脅《おびやか》されて

天涯《てんがい》ゆ來り天涯へ去る鳥の白きむれかともさくらの花を

さくら花見てありと思へ見てありと思《も》ふにすぎねとぞふと思ひける

今もなほうつつに生きて來しわれと我をおもはじ山ざくら花

豊岡町驛附近

わか櫻とををに咲くと見あぐれば光る日のかたに諸向《もろむ》きにける

西行法師を思ひて

ほとほとに花に戀ひせしは如何ばかり嚴《きび》しきを見し眼《まみ》にしありけむ

藏原伸二郎と飯能の櫻を見て

花を見てかへるこの日の暮れがたし眼《まなこ》のうちに光あるなり

野口赫宙邸歌會

高麗川の川瀬の見ゆる大門《だいもん》は春たけなはにしてさくら吹き入る

花散るとおびえ居しゆゑ散りはてて落膽《らくたん》をふくむわれのやすらぎ

江南春抄

南京の春

唐詩をよみて

春霞しづこころなしと書看《ふみみ》れば、可憐《かれん》楊柳傷心ノ樹、可憐《かれん》桃李斷腸ノ花

三月三十日

明《みん》ノ孝陵《こうりやう》朱塗りの塀をしぬぎつつさくらましろなり朱門《しゆもん》のひまにも

さくら花屋根をなせればまぶしけれたましひ醉はす蜂のうなりも

さくら木の花の間《ま》の空はうす青く流れるような小鳥のこゑす

ひさかたの光受けとめ含《ふふ》みたるさくらの花をきぬがさにせよ

玄武湖、梁洲

藤の花はや咲きたりと近づけば踏み入るものか甘きにほひに

あでやかにこの世にもあらぬ藤だなのトンネルの中に舞ふ絮《わた》もあり

藤棚の下、わが鼻の先で振りかへる姑娘《むすめ》のんびりとよき顔をせる

荷苑茶社

此の卓《たく》に茶を飲みてあれば彼《か》の卓のコップの間すぎてゆく舟

見てゐればかしこ汀《みぎは》の反り橋を藍色の姑娘《むすめ》いま渡るなり

楊《やう》と柳《りゆう》のみどりけぶる島を見かへれば空《そら》にわきのぼる人間の聲

玄武湖翠橋

楊柳《やなぎ》の絮《わた》しきり飛ぶからに見あぐればみどり葉の上に淡雪《あわゆき》つもる

いちめんに湖《うみ》の上を飛ぶ楊柳の絮しまし霙《みぞれ》の湖《うみ》とおもほゆ

同、迎紫堂

圓形花壇《えんけいくわだん》、黄、紅《あか》、むらさきに咲くからにやなぎの絮も舞ひ去りかねつ

同、梁洲

梁洲《りようしう》は楊《やう》も柳《りゆう》も植ゑつ石段のすみに絮しろし吹きたまりける

草野心平と金陵女大へ行く

まさかりの緋桃《ひもも》の花に寄りしかばまだいとけなきピアノ聞え來

きんぽうげにすみれ花まじりかくばかり美しき上もあえて踏むべき

きんぽうげ光りかがやく草生《くさふ》のはてエニシダの金《きん》の天《てん》にのぼれる

白木蓮かがやき立てり中國のこれぞ玉蘭と心平が言《こと》

木瓜《ぼけ》の花あふれ咲きけり色くろきをみなを好むわれかあらじか

くれなゐの木瓜《ぼけ》の花かげににほひ濃きすみれ花かげばしやはせを知る

小鳥らの水飲みどころ水涸《か》れて木瓜のみあかしわれもかはくに

鼓樓

鼓樓《こらう》の下わが黄包車《ホアンポツ》につきて飛ぶ蚊白蝶をかなしみにける

むらさきのまだら氣になる朱色《あけ》の鼓樓をめぐり若葉のマッス

五臺山附近

華僑路《くわきようろ》の小高みゆ見れば紫金山胸ひろやかに野を抱きけり

エニシダの花かげに姑娘《むすめ》入りゆけり花のかなたには土壁《つちかべ》の家

上海路

桃畑《ももはた》の晝をすぐれば咲き切りし花びらにしも光と影あり

ボルゾイの犬をつれたる支那貴婦人裾さばき故意《こゐ》に脛《はぎ》を見せゆく

中大農園

紅《あか》と白ふたいろに咲く桃の木あり向つて左の枝はくれなゐ

陰陽營

いくとせをおのれ殺しつつありふれば瓢《ひやう》たりと言ふほけたる我を

藪を背に小池を前に坐りたり心覺《さ》ましむるうぐひすの聲

向岸《むかぎし》の楊柳《やなぎ》わたつけつ木の下の水面《みのも》もしろし散りにけむかも

池のへに我につき來し支那小娘ふるれば肩のやはらかみかも

小姑娘《こむすめ》の瓜實顏の頬あかし我が撫でてやればなでられゐるも

馬午君

池水をみだして衣《きぬ》をすすぐ子を西施《せいし》よと微笑《わら》ふシナの友若し

めぐりあひ

我が弟三人皆大陸に來る、一日、三弟我を訪れし時の歌

相つぎて戰爭《いくさ》に來しがそのかみの敵首都に逢うわれとわが弟《おと》

少年の日と變らざる口調《くてう》もていくさ語りする弟なれば

去年《こぞ》の夏衢州《くしう》の陣に飲みてよりはじめてのビイルよこれと言ひしか

我が弟《おと》はいと若けれど兵の上つね思ふらし隊長なれば

南京の電燈まぶしとふ弟にこの街の酒全部飲ませたし

蘇州仲春

京滬線車中

車窓《しやそう》から手のとどく畝《うね》に立つ雉子《きじ》のうなじ灰色の麥の秋なり

寒山寺

寒山寺聞きしにまさる狭さにて堂塔の間すべて蕎麥《そば》なり

寒山寺鐘樓の窓ゆ眺むれば蕎麥のはたけにアカシヤの咲く

楓橋

楓橋《ふうきやう》のてすりに倚れば牛の糞てんびんに負ひし老婆がとほる

楓江《ふうこう》は水豊かにして清くあれ砧《きぬた》打つ子の美《は》しくもあらぬを

大丸百貨店

蘇州は呉《ご》の都なれ大丸《だいまる》の階段に會ひしグレコの少年

三千年の文化や姑蘇《こそ》のをとめたち消えも入りたきこまやかさなる

留園

留園《りゆうゑん》の廻廊を來《こ》し姑蘇少女《をとめ》くつしたをなほす腿《もも》白くあり

兆豊花園

ジエスフイイルド公園とも言ふ、上海の西部にあり

兆豊花園《てうほうくわゑん》入口入れば燃えあがる金《きん》のパンジイ光の不意討

春庭に十萬の花かがやけば一點のかげは我がこころなり

兆豊園にわれたちつくす薔薇區《しようびく》にすでに足れるになほ限りなく

この園に色彩《しきさい》かぎりなしよしさらばあるつたけ見てやらむ眩《くる》めき死すとも

この花よしあの花よしと幻に語る兆豊園にして知る彼女《かれ》を愛すと

白き小山紅《あか》き小山ありあかき花にのぼりて坐るいよいよさびし

絲やなぎやさしく垂れて水涸《か》れし池見てゐるや三人姉妹《さんにんしまい》

池のへに荳《まめ》を食べつつ本を讀む子せかせかと我が通りしときに

兆豊園桑の木の下に實《み》を拾ふ子はやせている遊びにあらねば

落葉松《からまつ》の翼のぞきて悔《くや》しくも心突かれたり一家の圓居《まどゐ》

兆豊園茶館に入りて茶と菓子を言ふ人間と口をききたくなりて

玄武湖の初夏

（一）草野心平、名取洋之助と菱洲に遊べるとき

玄武湖《げんぶこ》の夏あさみかもはちす花含《ふふ》めるときにその色深し

蓮《はす》のまに舟をとどめて藍色の濃きと淡《あは》き背は實を採るらむか

玄武湖に舟漕ぐ子らがかかむりし青きはちす葉は肩までおほひつ

菱洲の入江

蘆の間《ま》の入江しづけし葭切《よしきり》のいよよさやげばいよよしづけし

菱洲《ひしじま》は櫻桃《おうたう》の林小姑娘《こむすめ》の舟子《かこ》も入りゆく伯母をたづねて

菱洲の萍《うきくさ》のひまに尾をふるふ目高すらだにも生命を持てり

そのかへり

我が舟子《かこ》は小姑娘《こむすめ》なれば菱草《ひしぐさ》をひき上げて採る紅《あか》きその實《み》を

我が舟子の小むすめが揚げてもぎくれし菱角《りようかく》の實《み》のかすかな甘さ

（二）ある日、荷苑茶社に一人休めるとき

玄武湖を獨自徘徊《どくじはいくわい》す藍色の後姿《うしろ》見るたびにもしやとおもひて

白鳥《しらとり》のかがやく白さ湖《うみ》の面《も》にうつして行くやかれぞ華舫

蓮《はす》の間《ま》をすべりもて行く華舫のゆるき速さの夢かとおもほゆ

枝垂柳《しだれやなぎ》しだれし水にきらめきてさざ波は走れ風來るごとに

微風《そよかぜ》になびく柳の絲のさきさざ波の光からみつるかも

枝垂柳しだれしもとの水面《みのも》には舟あらはれよ白きあひるも

水の上やなぎのもとに入りて來しボオトの姑娘《むすめ》その絲を持つ

舟に立ち柳の絲を手に取りし姑娘《むすめ》大びらに笑ひけるかも

柳の下今しすぎて行く小舟には捲りたる腿《もも》に眞晝日あたる

上海漫吟

邦《くに》の運命《さだめ》忘ると言ふは深からずこみ入りあやし上海のこころ

いち早く我と結びて刺されけむ張嘯林《ちやうしようりん》も上海の人

上海に何かがつがつと日をすごす飲みだせばいつも梯子となりて

上海の日照りを行けば直《なほ》き脚《あし》つぎつぎにきたる俥上《しやじやう》に組まれ

南京路《ナンチンルウ》虞洽卿路《ハチンル》つむじわたるときAN ALIEN《アン エイリアン》とわれはつぶやく

上海をにくむと言ひてしかもなほしげく我が來る次第にしげく

上海は何かかくせり福州路霞飛《かひ》路大西《だいせい》路いづくに行くとも

上海人見えぬところにて凄いことやってゐさうなり我が知るひとさへ

黄包車《ホアンポツ》の上から俥夫に家族を聞く彼も人なりとたしかめたさに

靜安寺

上海に焦《い》らだつこころ寺に入り氣の抜けた僧とこらへて語る

灯《ひ》を消しし靜安寺路のかざり窓姑娘《むすめ》のぞき居り鐵砲百合の花

秦淮の畫舫

秦淮河は南京夫子廟のほとりを流る、一帯は古來絃歌の巷たり

秦淮《しんわい》の畫舫《ぐわばう》のをんな冷したる花彫《くわてう》をさせばひとくちに飲む

歌はざる秦淮の姑女《ぎじよ》ただに笑めばほそめし眼《まみ》のひかりあやしも

秦淮のをんな微笑《ほほゑ》め賣想思《マイシヤンス》くちずさむわれを射るごとく見て

大《だい》畫舫漕ぎぬけしかば音立てて牌《パイ》打ちてゐきともしも紅く

秦淮河《が》對岸につけつ歸る子がためらひがちのくらき石段

翔空吟

南京より九江へ飛びしときの歌

窓の外《そと》はしれる草のいや走り沈みゆきしかば我は離陸す

大地の面《おも》いや沈みゆくと思ひしか南京城壁脚下《きやくか》を飛びすぐ

南京城壁いま飛び越しつたちまちに後方《しりへ》に低くつらなれり見ゆ

紫金山腹《しきんさんぷく》中山陵も機の窓にとろけて流る旋回すれば

南京のみんなみの空を低くとぶ城壁を劃《かぎ》るいくつかの城門《もん》

揚子《ヤンツ》のおも青き楕圓のかげ動く機の前に來て光る白雲《しらくも》

長江をさかのぼり飛べばにごり水わかれ、合ひ、わかれ、いづれか本流《もと》ぞ
われ空に移りつつ見れば安徽省《あんきしやう》水の面《おもて》にときどき土あり
われ空にいたく疑ふひとひらの松葉なす舟に人間《ひと》は生活《たつき》す
煙めく雲分けて飛べば天頂《てんちやう》は鱗雲《りんうん》のなかに白き冬の日
我が翼白雲を切りて翔《か》くれどもより高き空ゆ白き日は射《さ》す
飛びちがひとびちがふ雲に見返れば南京の方《かた》に雲海《うんかい》をなす
白絹《しらぎぬ》の城壁と光る彼方《かなた》の雲固さうにしてぐんぐん近づく
機の窓を白き蒸氣の捲き走る固さうに見えしこれぞ彼《か》の雲

みんなみのより高き空を行く一機より高く白き雲峰《うんぽう》に入る

安慶に着陸せんとしてめぐり飛ぶこのへんの農家四角な院子《ユアンツ》

飛行場すみの蘆群《あしむら》に鷺《さぎ》立つと見し間《ま》もあらでわれは飛び去る

九江にて

廬山《ろざん》の頂きに纒《ま》く白雲は日の暮れなづみいまだしらくも

夕されば廬山の嶺《みね》に突きいでし雲のかがやきの湖《うみ》にぞ映《うつ》る

ぬばたまの髮ひとすぢに筑波根《つくばね》の花たばぬるや何をかおもひて

つくばねをおのが髮もちてたばね居りあたへよと言ふを我はおそるる

九江の窓たそがれて湖《みずうみ》のこのひとすみに藻の花ほのか

甘棠湖《かんだうこ》きぬたの音のわたり來る日の暮れがたぞ仄《ほの》けかりける

潯陽《じんやう》や猩猩《しょうじょう》を待つさかづきは月射し來ねばさ夜ふけにける

朝庭に葡萄を採ると手をのべて胸衣《むなぎ》のとがり知らぬ小姑娘《こむすめ》

南昌に八大山人を思ふ

南昌《なんしよう》の秋明るきに走り來て哭《な》き且笑ふ君がまぼろし

四方四隅我を大《だい》とすと思はねば野郎自大《やらうじたい》してひそかに怒る

八大《はちだい》のうづらは巖《いは》の下に棲みひたすら恐る落ちて來るかと

葉の落ちしはちすの莖に翡翠《かはせみ》はすでに狂へる安けさにあり

八大は佯狂《ようきよう》すわれはひたすらにおのれを挫く今のおきてに

嫦娥月に奔る

舊八月十五日、玄武湖にて

よき月を待ちて泛べばぬばたまの闇に増し來《く》も櫂打つひびき

くらやみに蓮《はす》にさやらひて過ぐる音よきひともあらむ月待つ舟には

ぬばたまの闇きはまれば月いでて四方《よも》を照らさむとおもほえなくに

紫金山の傾斜に乘つかれる金《きん》の月ころげると思ひきや山を離るる

はちすのひま打ちゆく櫂のきらめけば歌さへ聞ゆよき月のもと

何にさは聲張りあぐる月光《つきかげ》もことさら碎くをとめらが舟

環洲の裏路

櫻桃《おうたう》にすすきに月は光れどもわけて唐黍《たうきび》の葉よりしたたる

六華春菜館

秦准《しんわい》の河畔《かはん》に呼べば我が女伶《じよれい》嫦娥《じようが》奔月《ほんげつ》をうたひ來しとふ

杭州雑詠

アプスハアゲン博士と杭州金華に赴けるとき

龍華塔をすぎて

龍華《ロンホア》の塔を過ぐれば黄蒲江《くわうほこう》刈田のなかにただの河なり

嘉興、煙雨樓

煙雨樓朱壁《えんうらうしゆへき》みどり葉にちらつくを映しゐる以外まつさをな南湖《なんこ》

西湖湖畔にて

西湖《せいこ》の十一月に舟を漕ぐそれのみにてもすでにはかなし

みんなみの西湖はいまだ紅葉《もみぢ》せずはちす葉はすでに一枚もなきに

漕ぎて三潭印月に到る

三潭《たん》に夕光《ゆうかげ》黄なり姑娘《クウニヤン》が紅《あか》き布かぶりわれをうつせば

そのかへり

見わたせば花ももみぢもなき湖《うみ》のうすくれなゐにふくるるひととき

断橋に白蛇傳をおもふ
いつしかに暮れはてしかば艶《なま》めける斷橋《だんきやう》の闇に漕ぎ寄せにける
周の蛇美女《びじよ》と生れてかしづけば中國の變化《へんげ》こころよろしき

寶石山保俶塔
我がさかりいつしか過ぎし浙江《せつこう》の寶石山にいきづきのぼる

玉泉寺魚樂園
浙江の秋の日なたを來しからに水やはらかし魚樂園《ぎよらくゑん》の池

靈隱寺
靈隱寺斷崖《だんがい》のもみぢ日に透《す》けば森嚴にして寄附をもとむる

和合橋
上海の妓女《をんな》のさとを杭州の下町にさがせことづてをもちて
上海の妓女《ぎじよ》の實家をたづぬれば家鴨《あひる》のたまご食ひ切れぬなり

西冷飯店
秋の灯《ひ》は西冷飯店のカクテルに碧眼のひとの若き日を聞く

江上吟

十六年臘月、漢口岳州に赴けるとき

南京下關碼頭

長江《ちようこう》の河づら寒し船を待つ浮桟橋《うきさんばし》の岸よりひくく

下關《シヤクワン》のはしけに怒るまなかひにあどけなきかもよ鷗は舞ひつ

采石磯をすぎて李白をおもふ

月探《と》ると江《こう》に溺れしは李白にてうたかたの戀に老いゆくわれか

名もなきあたり

長江は平蕪《へいぶ》を裂きてくだるのみ上《のぼ》れどものぼれども黃なる土岸《つちきし》

揚子江みふゆを水の面《おも》ひくみ泥まみれなりしづかにのぼる

蕪湖

蕪湖《ぶこ》なるや四五六《スウウウリユウ》の白鷄《パイチイ》は生ぐさきかな酒はあつきに

蕪湖《ウフ》の朝河ぎり捲けば冲なるや戈克《ジャンク》の帆さへ物語あり

しみじみと妓《をんな》を語る香車《かしや》のゐて長江の冬をさかのぼりつつ

安慶

下船者の入りもて行ける城門を見つむるわれは甲板《こうはん》にあり

無爲の冲に泊す

長江に弦月《げんげつ》くらしひたぶるに利《と》きすませども弦月くらし

長江の冲に泊《は》つれば三日月をくだきてやまず水のながれは

揚子《ヤンヅ》の冲に泊《は》てつつ纖月《せんげつ》のうつる際《きは》のみぞ水のながるる

長江に弦月すごしいとせめて思《も》はむとすれど弦月すごし

長江に朝日のぼればば安徽省無爲《むゐ》の彎曲《わんきよく》に泊《とま》りにけらし

この曲《まが》り潮《しほ》のかぎりと大通《だいつう》のしもに泊《は》てしを朝にして知る

彭澤《ほうたく》を漕ぎもて行けば冬空に絃《げん》なき琴のしらべは聞ゆ

彭澤は陶淵明の故地なり

五斗米《とべい》を斥《しりぞ》けたる昔にて今は食《は》まざれば銃殺せらる

岳陽冬日

呉楚東南開、乾坤日夜泛

洞庭《どうてい》の冬を涸《か》るれば乾坤《けんこん》の日夜うかぶと歌はぬわれを

湘《しやう》の水洞庭に入りそを出《い》でて流れ來《く》と言ふわれはいづこへ

君山は洞庭湖中の小島

君山《くんざん》のかなたに眞日のうつろへば日本《にっぽん》にかへる日はありやなし

舜崩じて、娥皇・女英の二妃君山に殉死す

舜《しゆん》の君聖《せい》にして仁《じん》に皇英《くわうえい》の二女に愛せらる仁はよろしき

湘江の岸にわれおもふ唐《から》びとも命令によりてここに來りし

湖南の空

白螺磯より飛立ちて長沙上空に向ふ

白螺磯《はくらき》を飛び立ちて來れば岳州《がくしう》もそこに惱めることも小《ちひ》さし

冬白き湘をさかのぼり飛び行くと岳陽樓の屋根みぎはに光る

湖南《こなん》の空に左せむとす湘山の一點の黒ぞ涸《かは》ける湖《うみ》に

洞庭湖黃に涸《かは》きつつ湘江の水北にながる機はみんなみへ

黄土集抄

哭長城

居庸《きよよう》の天《てん》に波打つ長城はくれなゐの領布《ひれ》かひるがへりける

断崖《だんがい》をましぐらにくだる城壁をどん底に見れば居庸内關《ないくわん》

彈琴峽《だんきんけふ》きよき流れをせばめたる水草の上を飛ぶ蝶黄なり

青龍橋隊長室の桔梗《きちこう》の濃きむらさきは嶺《みね》にかも摘む

居庸關ゆ嶺《みね》を仰げば長城ののたうちのぼり白雲に入る

くだりのぼる尾根にしたがへ乗り越えて乗りこえてゆく長城を見よ

哭長城は京劇の一なり

長城の歩廊に眞日を踏みて行け哭長城《こくちやうじやう》の唇《くち》にのぼれば

最高烽火臺《さいこうほうくわだい》に立てば察哈爾《チヤハル》の野みどり淡《あは》きに日の霧《き》らひたる

最高ののろし臺ゆ見つ居庸外關《ぐわいくわん》分哨の屋根にシヤツひるがえる

大同の石炭をはこぶ汽罐《かま》鳴りは八達嶺《はつたつれい》の谷にひびかふ

石佛を戀する歌

土荒るる蒙古を來れば石壁《いしかべ》の石のみほとけにほとほと戀ひす

雲崗《うんこう》にみほとけ仰ぐたまゆらのうつつなかりしよ戀のごとくに

おん笑《ゑ》みはかしこより來《く》も露天佛脣《ろてんぶつくち》のはしすこしそらせたまへば

露天佛身光《しんくわう》の化佛《けぶつ》さはなれどラツフアエル顏の女菩薩《によぼさつ》われは

無名窟愛の靈氣は磅礴《ほうはく》たり壁の飛天《ひてん》らをほほ笑ますもの

大同の石は刻むとおのづからきざめる面《おも》もありつらむかも

武周河は石佛寺の前面を流る

石佛寺そがひにすれば武周河《ぶしゆうがは》川べの楊柳《やなぎ》歌にかも似る

武周河川べのやなぎとことはに生ふるが嫉《ねた》しみほとけの前に

武《ぶ》周《しゆう》河《がは》にごりて流る澄まむとも思《も》はねばやすし濁りながるる

大同、下華嚴寺

大同にさびしきわれは腕まろき吉祥天《きちしやうてん》にくちづけ欲す

大同炭鑛にて

大同炭鑛防空濠の掩體《えんたい》に紅《べに》こすもすの花大いなり

鴛鴦の規則

圓丘《えんきう》は水に裂かれて肉體を無識連想すチヤハルの野べに

旱海

晋《しん》の北たひら野のをちに煙《けぶ》りゐるを鹹湖《かんこ》と聞けば我が咽喉《のど》かはく

紅沙覇驛附近

紅沙覇《こうさは》は草丘《くさおか》のひまに小沼《おぬま》あり番《つが》ひにてうかぶ鴛鴦《おしどり》の規則

蕎麥《そば》白き丘にひとすぢの亞麻《あま》の花スカンデイナヴイアの水色のひとみ

卓子山

卓子山驛前《たくしざんえきぜん》の丘のしろき雲やがて消ゆらむわれのみおぼえて

大荒抄

幽計隊長と陰山を越えて戈壁に到る

ゴビこそはわれにかなはむ日に灼《や》くる沙《すな》に影しつつ鷲くだるべく

歸綏《きすゐ》より陰山《ゐんざん》にむかふ野路《のみち》にて駱駝《らくだ》の顎のしたをば通る

大青山《たいせいざん》みんなみに開く谷に入る最後の樹木なりいつぽんの楡《にれ》

大青山は陰山の入口の部分を言ふ

陰山の涸谷《かれだに》にして東京の明けくれを問ひし下士官あはれ

しかすがに親しみそめし綏遠《すゐゑん》の女中もかなし陰山に入る

大青山中腹に俯《ふ》して悲しきはいまだ涸川《かれかは》のすべて南す

綏遠に握られしむすび食ひしかばなつかし愛《を》しし陰山の上に

赤帯《せきたい》の蒙人《もうじん》われに火を與へたばこはなびく陰山のかぜに

きんばいのきらめくそよぎ空に入り陰山山頂と指す聲のわかく

陰山山頂きんばいを敷きてテムジンは高笑ひしけむかんらからからと

陰山以北黄一色《くわういつしき》に沙風蓬根《さふうほうこん》を斷《た》たばなほ美《うつく》しと言ふべくあるらし

陰山の岩阻《いはそば》にしてをみなへし 黄なるを見れば家持《やかもち》となる

武川城

漢族の最北のとりで武川《ぶせん》城ひらかれし拒馬《きよば》に砂捲きて入る

日はまたも咽喉《のみど》灼《や》くかな山をくだり武川のひるの埃に立てば

まつさらの青シャツの男まはだかの女童《めわらべ》と來る武川城内

武川城北《じやうほく》きよき流れに語り合ふ翁《をきな》ややがて空に消ゆべき

草海（ステップ）に入る

ひむがしに紅《あか》と白と黄の丘見えて漢族耕地帯かしこに終る

シレエト・スム

はじめての紅《あか》き喇嘛寺《らまでら》をすぎしとき羊のむれは地平をうつる

チヤチヤ

チヤチヤにして蒙古はつひに包《パオ》を見す紅衣《こうい》のをんな入り口に立ち

草海《ステツプ》の花間《ま》に立ちて振り向かぬ雲雀《ひばり》はすがし冠毛直《くわんもうなほ》く

朝は野にゆふべおのづから牧《まき》に入る人に飼はれたるけだものあはれ

鴻記

最北の漢《ハン》を見しかばひげ白くステップの奥に黄酒《くわうしゆ》をかもす

日をひねもす草海《ステップ》を走りまたしても日本《につぽん》を見るか芒に夕日

日をひねもすステップを走り異常さが平凡となりてたそがれにつつ

百靈廟

すでに遅く百靈廟《ひやくれいびやう》の谷にくだる、ダルハン旗公署、バタ・ハルガ・スム

喇嘛が吹くラッパは太くながながし百靈廟にヴィルゴオは低く

幽計隊長室にて

羊肉はニンニクと煮られ前にあり書《ふみ》に見しごとく蒙古に啖《くら》はむ

蒙古刀《たう》羊《ひつじ》肉の腰を切り取れば蠟燭のひかりその銀にあり

蠟の灯《ひ》にみどりは淡《あは》し乾葡萄トルキスタンの沙《すな》を拂へば

パオの朝に味噌汁を吸ふ眼に立ちて蒙古ざくらに蠅とまりをり

ステップの北に棲むひと鷹の子を拳《こぶし》にのせて肉を啖《く》はしむ

大荒《たいくわう》は生きもののすべて愛《かな》しくて乳吸ふ豚の仔もしみじみと見る

百靈廟の裏山

百靈廟くもれる丘にちらばるは高きにのぼる馬の性《さが》なり

清淺《きよあさ》き百靈廟川谷をいでていづくの沙《すな》に消ゆるとすらむ

ダルハン旗公署附近

頭《づ》の白きコンドルの高き巖《いは》にゐて百靈廟に垂るる雨ぐも

百靈廟よりハットン・ゴル・スムへ向ふ

だしぬけに始まつていつか地に潜《くぐ》るこれを川と言ひ大曲りする

ハットン・ゴル・スム

四子部落《ししぶらく》ハットン・ゴル廟《スム》に胡坐《あぐら》ゐて乳酪《ウルム》をねぶるははるかなりけり

磚茶《チャイ》をつぐ喇嘛に山羊鬚《やぎひげ》と微笑《わら》ひあり人間同一の好意を感ず

地圖にある「オボ」は稜線《りやうせん》の石の塚、「スム」は廟《びやう》ひとつ、井戸あれば「ホトク」

身を投げて妃《きさき》溺れしとつたへける「妃の河《ハットン・ゴル》」に來つこれも涸れ川

　　ゴビに入る

戈壁《ゴビ》となる砂礫草原《されきさうげん》に獐《のろ》の子の肋骨《あばら》はしろし野薊《のあざみ》の花

綏遠・歸化城

綏遠城

雨すぎし綏遠の胡同《こどう》いでて見ればことごとく濡れし黃土《くわうど》の土塀《どべい》

陰山ゆ恒山《こうざん》におよぶ雲の上から雷《かみなり》の行きまた歸る

綏遠の鼓樓南街《こらうなんがい》は木をしげみ月光《つきかげ》ささず唐《たう》きびを燒く

歸化城崇福寺

歡喜天《くわんきてん》見ればまことか欲するはをみな子にして狂ほしきまで

歡喜像をろがましめて犯しけむ喇嘛の詭計のをかしくおもはる

黄河のほとり

南官渡に立ちて

黄河は何に流れ來《く》かく廣く深さ限りなく間なくしながれ來

はてしなく絶え間なく流れ來る水のひくく呟く包頭《パオトウ》の岸に

甘粛寧夏《かんしゆくねいか》水飼《みづか》ひて河水の耳し澄まさばこと告げむもの

我が心をどるもあやし上流《かみ》の曲り嚙み落されし岸に日は照り

大黄河皺み渦巻き絶えまなく流れ來る速さ見れども飽かず

日に照らふ上流《かみ》の彎曲《わんきよく》の岸をあらひ躍るがの水の絶ゆることなく

工兵の鐵舟にて河をよぎる

大黄河越えて來つればオルドスの渡口《とこう》は人と豚の一群

オルドスや黄河の岸に唯一の天幕の外は饂飩《ワンタン》を煮る

モンゴルの傳説をおもふ

漢の兵チンギス・ハガンに伐たれしが神の沙《すな》これを蔽ふとしるす

クズプチの沙捲く風は銀《しろがね》を洗ひいだせども取らば消ゆとふ

河越えてオルドスゆ見つ遙かなる包頭の野へは旋風《つむじ》走れる

山西省

大同より太原に向ふ

岩壁《がんぺき》をせりあがるごとくのぼり行く桑乾河《そうかんが》對岸に寧武《ねいぶ》は低く

同蒲《どうほ》線最高の地點段家嶺《だんかれい》歩廊の歩哨まみ微笑《わら》ひあり

同蒲線最高の地點段家嶺驛長の妻こしまきを乾す

緩勾配《くわんこうばい》をぐうんと南し東に折るる鐵路の行く手見ゆ左は軒崗《けんこう》

むらさきの傾斜斷層《けいしやだんそう》の水に起り眼《ま》づたへば高き空をつんざく

立ちはだかる傾斜斷層のもとに來て石炭を負ひし驢《ろ》は瀨をわたる

山西《さんせい》は山全部石炭露頭《ろとう》して手掘りするひと籠はこぶ馬

原平《げんぺい》にくだればすでに山西は黍と粟の野ぞ南にひらく

太原城にて

山西は羨《とも》しきろかも粟さへや金色《こんじき》に垂る汾河《ふんが》の泥に

太原《たいげん》の盆地はあかき汾《ふん》の水南するはての展《ひら》けてぞ見ゆ

太原の橋頭街《きやうとうがい》に見し處女《をとめ》ほのに見しかば世のつねならず

桔梗利一等と晋祠に行く

晋祠《しんし》の水のまつりに我も來て山西の子の面型《おもがた》は見つ

太原の小路《こうじ》に青の巴旦香《はたんきやう》山西語もちて買へばうれしき

太原より石家荘に向ふ

山西の濁れる川をかち渡るふり魔羅の男あかくかがやく

全裸體《ぜんらたい》かちわたる川のかの岸は黄土の崖に穴居《けつきよ》の窓開《あ》く

娘子關にて

娘子關《らうしくわん》仰げば驛にのしかかる斷崖《だんがい》の上に舞ふ鳶ちさし

娘子關鯉登《こひと》の瀧のたき水のにごれる川に入るらく惜しも

河北より河南へ

石家荘にて

山西ゆ我がいでて來れば石家荘故國《せきかさうくに》のかほりするをとめに會ひつ

朝戸出《あさとで》のかはたれどきに水筒をわれに手《た》わたすとふれし君が手

すでにして門《かど》にいたりて振り向くにかばん胸に抱《いだ》き戸口を離れず

京漢線を開封に向ふ

河北《ほく》の野南し南す太行《たいこう》の山ひとつのみ地平にのこる

蝗の大群

空をぐらく蝗くだらむとする黍畑に赤き旗振る青き旗振る

蝗すぎて莖ばかりなる黍畑《きびはた》にをぢうつけ立つその莖に觸れて

黄河河跡

舊黄河の跡はてしなく濃綠《こみどり》の落花生を植ゑつひとすじの水

開封にて

大唐《だいたう》の碑林《ひりん》をさめある庫《くら》のそと眞晝日のもとに石榴《ざくろ》色づく
隋《ずゐ》の代《よ》の埴《はに》の馬見れば尻ふとく力あまりて歯を剝《む》きにける
かかる色愛《め》でにし御代のめでたさよ三彩《さい》の土鬼《どき》の耳のとがりに
龍亭の高きに立てば河南《かなん》の野緑圓《りよくえん》の四方《よも》は雲垂るるのみ
ゆるぎなく立てりと仰げ鐵塔の秋立つ空にかたむけるがに

商邱（歸德）は老子の生地なりと傳ふ

北京《ペキン》にて咲きさかりゐし槐《えんじゆ》の花さやとなれるを商邱《しようきう》に見つ
天下の柔《じう》これに過ぎたるものぞなき水こそ見えね歸徳《きとく》の野べに

南北の間

徐州《じよしう》は南北の間《かん》にして南なり菜館《さいくわん》に荒し拳《けん》を打つ聲

南京に持てあましたる妄想者《もうさうしや》白服を着て徐州にあり

いくつかの丘のあひだに霧はれゆく徐州をさかる次第に暑く

決潰後の黄河は准河に入りて流る

准河《わいが》を黄河になして押し流るる黄に大いなる水は蚌埠《ぼうふ》を洗ふ

ぐんぐんと後《あと》の水前を押しのくる准河鐵橋を眼まひて渡る

おのれより大いなる河に押しこまれ流れゆく准河呼吸《いき》もつき得ず

國、共、和、一環《いつくわん》となしてめぐれりとふ青年をかばふ徐州浦口の間に

中國のために中國を愛するもの如何なる外國のためにもあらずと

長江に到りて

浦鎮《ほちん》の丘の鞍部《あんぶ》に紫金山《しきんざん》あらはれしかば我立ちあがる

長江《ちょうこう》の岸に到れば水の上南京《ナンキン》の城に夕日はなやぐ

長江の岸にかへれば紫金山夕日さすときにむらさき流る

獅子山《ししざん》の油切りたる緑さへこころに沁みつ浦口《ほこう》に見れば

心より流せる血さへまじらへば南京はすでにわれの一部か

黄河は泥まみれなりき揚子《ヤンヅ》の水かろしうつくしと歎きてわたる

長江は舷側《げんそく》が切る波さへや追想の色とおなじきものを

別離南京

既に土屋加藤両氏と別れ、一人北上す

南京は何に雲とざす遂に去る渡船《とせん》のわれにこころかくすか
雲なくば悲しみはてしなからむと雨ぐも垂るる南京を去る
舷側にわれは恐るる我が船と碼頭《まとう》のひまに水の入《い》るとき
これぞわが最後の艀舟《はしけ》南京につける悲しみとひき裂きくれよ

津浦線黄土坡驛

黄土坡《くわうどは》に眼さめしからに唐代《たうだい》の三彩を見つ雑木《ざふき》のもみぢ

北京の秋

疲れはてて北京の秋に入りきたり酔《ゑ》ひたるがごとし七日八日《なぬかようか》は

小池亮夫と天壇に赴く

天壇《てんだん》のましろく圓《まど》き臺《うてな》の上秋のくもきたり光りとどまる

大理石《なめいし》の圓《まど》き臺《うてな》にあを空をのせてをろがめば古《いにしへ》おもほゆ

皇乾殿《くわうかんでん》青の甍《いらか》に鳶のゐて時たまを啼けばうつつともなし

天橋《てんきやう》の日向《ひなた》さんざしを售《う》る翁《をぢ》の山査子《さんざし》よりも赤きその鼻

王府井大街の宿をいでて

北京の秋にいづるとよく肥えし落花生をもとむ宿の戸口に

天安門《てんあんもん》くるまして過ぐ大理石《なめいし》の華表《くわひやう》の雲のいまだ飛ばねば

ああ秋と俥《くるま》を捨てつすぎて行く自轉車の姑娘《むすめ》腰たくましき

白塔《はくたう》のもとに我立つ北海《ほくかい》にはちす葉はあれど白き風は秋

生活學校への道

鼓樓《こらう》の西か行きかく行き青き水十刹海《じつさつかい》ときけば羨《とも》しき

羽仁五郎、説子兩氏と博物院を見る

神武門とづるとき近み西ぞらのからくれなゐに暮るる角樓

東安市場階上

白乾兒《パイカル》の醉ひにやはらげて我が聞くや秋の夜に冴ゆる京音大鼓《チンインタアク》

壁は朱《あけ》に槐《えんじゆ》の木末《こずえ》はつはつに黃葉《もみづ》るころを別れ來にけり

太白光　をはり

あとがき

昭和十四年の暮に、中國に渡つた。これが七年ぶりで歌を作り出す機緣にならうとは思はなかつた。

どうにもやり切れなかつた。唇がおのづから三十一文字を數へはじめていた。冬、哨樓の上だつた。抵抗陣地に出る前の晚、二通の手紙を書いた。佐々木茂索さんと自家にあてて。それまでにまとまつて居た歌をその中にいくつか書きこんだ。茂索さんの計らひで、それが雜誌に出た。それで、つづけて作つて行かうといふ氣持が固まつた。ただ間もなく、刊行物への投稿を禁ずる聯隊會報が出たので、あとの分は後に南京へ行くまで、發表することが出來なくなつた。

十五年の春、南京から發信された菊池寬先生の手紙を頂いた。藤澤閑二をつれて、南京へ來た。君が南京勤務になれるやうに運動したが、結果を見ぬうちに、かへらねばならぬ。送金の方法が判らぬからとて、十圓札二枚が封入されてあつた。七月頃、聯隊の遺骨を持つて南京に出た。その時、報道部の石原圓彌と會つた。「毎日」の狩野近雄から「機會があつたら會へ」と言はれていたのである。翌月、命令が出た。

當時の報道部には、馬淵さんの下に、「同盟」の宇田武次、「朝日」の宮崎世龍、大學教授の丸山學、そして「毎日」の石原の諸氏が居た。私も雜誌社員だといふので、引上げられたわけだ。背廣勤務になつた。この手の兵隊が外に三人居た。石原、劇評家の辻久一、外交官の小一原孔雄だつた。十九年のはじめまで、私はそこに居た。馬淵逸雄、今井武夫、岩崎春茂、三品隆以と部長は四代變つた。志生野仁氏がずつと居られた。この人が派遣軍最後の報道部長となつた。報道部へ行かなければ、私は二回位死んでゐたはずだ。

十五年の秋、「陣中歌」をまとめて前川佐美雄に送つてしまふと、また歌が出來なくなつて來た。外の事で頭が一杯になつて來たからだつた。ここに來て、はじめて「支那事變」なるものの本當の姿が判つた。太田宇之助、故村上剛の兩氏には殊に教へられる所が少くなかつた。

十七年春頃から、國民政府に來てゐた草野心平氏と親しくなつた。ある日、心平さんが金陵女子大學の庭へつれて行つてくれた。餘りに美しかつたので、ひとりでに歌が泛んで來た。十八年になると、戰爭の前途に絶望を感じ、從つて一日本人としての自分の前途にも絶望してしまつた。酒を飲み、酒をやめた。殘る手立は、自然美に醉ふより外はなかつた。

十八年春、來寧した藤澤古實氏を迎へて、心平さんと三人で語つた。その時の心平さんの言葉が刺戟となつて、「南京百首」をまとめた。中國風景はどうしても短歌形式には入らぬものとあきらめて居たのだが、この時から少しコツが判り出して來た。唐詩を讀んで居るうちに考へたことも、助けになつた。唐人の詩は、景に偏せず、情に執せず、兩者の上に不思議なるバランスを作り出してゐるもののように思へた。

十九年のはじめに、一旦かへつた。その七月に東京の報道部の秋山邦雄氏のすすめで、再び大陸に渡つた。改造社特派員としての土屋文明氏、加藤楸邨氏、私は大陸の經驗者と言うことで、案內者の役所だつたが、文明さんの顏で、却つて世話になつたことが多い。

何等軍といふものを顧慮せず、後世に殘るべき純粹の作品を作つて來てくれ、と言ふ秋山氏の言葉には懸値がなかつた。私は旅中はいくらも出來ず、十一月歸京、臥床してから、少しまとめた。空襲がはじまつてゐた。

二十年三月、社員の自發的方向轉換をすすめる菊池社長の話があつた。もうやつて行けさうもないから、と言ふことだつた。それは本當になつた。「文春」四月號を校了にして、退社し、再び、應召したが、この四月號は印刷所もろとも燒失した。この時の編輯者は池島信平、鷲尾洋三、車谷弘の諸氏。そして事變の始まつた時のそれは齋藤龍太郎、下島連、柳澤彥三郎、小坂英一、花房滿三郎の諸氏だつた。

こんどは千葉に居たので、九月に埼玉縣豊岡の家にかへつた。それからの八年が如何に速かに、如何に空しく過ぎ去つたことか。毛唐式の言ひ方をすれば、この八年間を私は死につづけて來た。唯、この間に歌を千五百首程作り、アメリカ本を二三百册讀んだ。

二十二年の三月頃、中國の歌をまとめてみたが、二三百しかなかつた。それで百五十程作り足し、四月、奈良に行つて、佐美雄に見せると、彼がこれつきりか？と言ふやうな顔をした。それで癪にさはつて、家にかへつてから、更に四五百首を作り上げた。四月から七月頃までかかつた。ぶつつづけに徹夜した。これで中國の歌併せて一千首ばかりになつたので、二つに分けて、南京にゐた時の經驗をうたつたものを「江南春」と題し、十九年の旅行のときのものを「黄土集」と名付けておいた。もつとも二十三四の兩年に、そしてそれ以後にも大分手を入れたり、改作したりもして居る。私の場合は、經驗後二三年たつてから歌になることが多く、それを又短かくて二三年、長い時は十年位もひねくり廻してゐることが多いのである。

戰後の氣持をうたつたものは、大體ぼつぼつ出來た。唯、二十四年秋から二十五年にかけて、稍々まとまつた數を作つて居る。この頃、私は第二次「短歌作品」をしばらく編輯發行して居た。前川編輯の「オレンヂ」が休刊して居たからだが、「オレンヂ」は第二次「日本歌人」となつて再刊した。

「紅葉信」と題してまとめかけて居る戰後作の中には、中國歌における詠法を引くものの外に、中世風のものとそして破調のものがまじつて來て居る。前者は幻滅と恐らくは榮養不良の所產で、後者は戰後の東京を歌はうとすると、どうしてもああなると言つた風なものだ。平安朝和歌の詩論は、フランス十九世紀の象徴詩のそれと殆ど同じ所にまで到達しているのではないか、と思つたりした。武藏野の一隅における隠遁生活は、藏原伸二郎、打木村治、そして張赫宙諸氏との交游によつて甚だ慰められた。

「シネマ」に入つて居る私の歌と「陣中歌」以來のものとでは、餘りにちがつてしまつて居る。二十代前半の私の衒氣は、もつとも新らしい短歌を、といふことであつたが、三十歳の應召兵は、さびしさに堪えかね、正直な心中を吐露したわけだつた。以來、新らしいとか古いとか言ふことについては、殆ど氣にしてゐない私である。その題材、その氣持を出すには、どんな言葉使ひやどんな調子が一番適して居るかについては、多少考へるが、特に「新を」といふ意識はなくなつてゐる。個性に忠實ならば、自ら新であらうといふ考へなのだ。

一緒にはじめた前川佐美雄や齋藤史とも隨分ちがつた所へ來てしまつたと感じて居る。はじめに教へを受けた筏井嘉一氏とも、また同じ頃に始めた小笠原文夫たちとも、あまりにちがふ私であることを感ずる。ずつと續けて來た者と間で切れたものとのちがひ。戰争に行つたものと行かないものとのちがひ。その意味では「近代」をやつてゐる加藤克巳の氣持などに、より近いものを感ずる時もある。しかし克巳ともちがふやうだ。お互ひにちがつてゐてよいのだと思つてゐる。近代的なるものを喜びつつ、古典的なるものの方へ指向して居る、それが今の私であるらしい。

この本が出るのについては、前川佐美雄、葛原妙子の兩氏が、知らぬ間に、長谷川書房主と話を進めてしまつて居たといふ事情がある。又、二十五年頃にやはり「太白光」といふ名で選集を出さうとしたことがあつたが、その時草野心平兄に題字を乞うた所、特に大瓶一本を平げた上で、三十八通りも書いてくれたと言ふ歴史がある。原精一兄のデッサンも、やはりその頃にもらつたものだ。私が短歌をやめられないのは、前川佐美雄と言ううるさい男がゐるからである。

（一九五四・一一・三、石川信夫しるす）

『紅貝抄』

紅貝抄

わが歌を紅貝とよべる人に

あなたの心の中に培われたぼくは、
やがて罪の意識によって、
あなたから遠のかねばならなかった。
どうかして誠実に生きようとして、
かえって暗い谷間に堕ちこんでいくぼくの身上は、
例えば過ぎし日の空の夕焼のように
すくわれなかった。

紅貝抄

しみ透る悲しみなれば巷ゆき君が貝殻の音たつ思い
あかき花ひそかに崩《くず》れ生きの日の逃れがたなき傷痕のさま
さまよいの歌はうたいぬ暗き谷ひるみし花のとむべくもなく
匂いだにみちくるものを夕草生《ゆうくさう》はなよりしろき微笑がさそう
おののきてしろき手をみる束の間もなんというこのやさしき匂い
苦しみてみだす水際《みぎわ》を一列に逃げゆく小さき春の魚族ら
くるめきて燃ゆる火のごと見ねばみず誘《いざな》われゆくジュリアン・ソレル

ねころびてうるむ想いか春まひる雲雀《ひばり》の声は澄みとおりふる

春日向《ひなた》むなしくおれば鶏をつかまえんと寄る影の幼児

とさか赤くレグホン群がる庭の隅われのくらさを泣きて餌《えさ》うつ

春かなしまなく時なく閉《と》じこもるわが貝殻かうっとり紅《あか》し

父呼ばう声に驚くわが内奥《うち》に父をさげすむ時期《とき》は過ぎしか

春の土くろく耕す父によき子に鍬も光りて揃う

ほこらかに父が率《い》てゆく春育つ子の足音のいかにうれしき

車前草《おおばこ》の莖ひき抜きてかけあえる遊び二十才の髭濃くなりぬ

こころ素直《すなお》にあらんと念《おも》うつまくれの莢ののけぞる秋の日の悔

母の背のいたく痩せたる労働を嫌いてわれの母にそむきし

母と来て和薯をほる去年《こぞ》の夏うずまく洪水《みず》はここを流れき

秋の陽《ひ》は落ちるに早し母の背に母おもう子の黙してあれば

杳い日の童子《わらべ》とわれを見るならん炉火くらきとき母はやさしむ

紅き花さくうれ仰ぐかかる日もまみ美しくいくさに過ぎぬ

水の面《も》に波立たざれば一生《ひとよ》この落葉うかびて動くことなし

早春の光みちわたれ青空にゆうばあめんしゅは今日も雲はく

ウインドに花飾り花を売る少女ドアは微笑に押しあけられる
薄氷《うすらい》をふむはかなしくおもしろしかそけく夢の城もくずれて
亡きひとの歌文集ひらく朝より雪は夕べに想いをつづる
クロッカス咲きそむ窓よちかぢかと頬よせている若きはじらい
渇きいしはこの鮮《すが》しさか麦の芽の雪をくずせる青のするどさ
かぎりなき氷塊《ざい》もろともに流れゆけわが鬱屈《うっくつ》の花もくらさも
雪とけし路のふたたびこおりつき夕べ捨てられし花を閉じ込む
死にて後土にうずもれ朽ちてゆく我が白骨の浄《きよ》き夢みる

こころ新たなるかなと打仰ぐ辛夷《こぶし》に萬の白きさざめき

辛夷《こぶし》さき梅も花咲く四月《しんがつ》の悲しさなれば空旗雲に

春雲の流るるみては呼ばわんとしきりにさびしがりいるときぞ

われに咲く花とかおりをほしとねがう汚きものは春に死すべし

春日てる道をとゆきかく行き死をおもう白き雲よ花よ青き樹木よ

おぞましき秘密あばかれゆく怖れ春は花々の散る下にねる

水仙の黄のあざやかにろうくわしふるえやまざるは黄にすくものか

今日一日勤め休みし悔もちてなぐさまざれど花と遊べり

花ふぶき遠べの山に雲かかるもの憂き貌は窓をうつせり

窓にいてさくらみていし静けさは背後より来し匂いにくずれ

うつけなき歩みふと止む宵の空ちりこぼれくる花らの重く

馳けあがり枝を折りしが一枝の花の乏しさ夕月あおぐ

ほこりあげトラック通る花隧道わが懊悩の記憶をしるす

麦のみどりそよぎあざやかに広がりぬ一列くもの山上を過ぐ

つゆじめる山路のぼりつわが足のぬれたるものを清《すが》しみゆかむ

傾きて古き石碑《いしぶみ》くさがくるしだれて黄なる山吹の花

断崖《きりぎし》をひたのぼりゆく白き蝶わがあくがれは失《う》せゆくものか

ゆらゆらと谷にひしめく杉の秀《ほ》に天日なだれおちて燃えけり

うっすらとちりを浮かべて寡黙なる泉にひるの樹葉がねむる

雨もりする仮の宿りよ冴えざえと膝を抱きつつ何かいぶせき

高き墓石《ぼせき》なべて死にたる地をしるす兵たりし島とおき大陸

鳳仙花さくのみ墓石《ぼせき》かたむきて月しろ青くさらされいたり

墓原にほそき斜光おちて来てゆれ動くごとき墓石《ぼせき》のいくつ

むらがりて咲けるコスモスしろじろと朽ちてあらんよ祖等《おや》の頭骸

杉の影のび来て墓石に屈折すこの立体の華かなるも

わが弱き性《さが》をおもえば二筋のしろき流れは遠くおしやる

すぎこしの放埒さえや音絶えて無明のいたみきざむ時こし

墓碑銘を考えてねる部屋の壁パブロ・ピカソの絵もありなれて

山脈の起伏あさなりさわやかに霧わくものをなぎて想わん

百姓を継がんと決意してならざりし九月は過ぎる反古のごとくに

師に手紙かこう書かねばと思いつつ思いしのみにゆきける九月

黒き実は梢に音す月あかく風ふきわたる幸《さち》もいゆけり

街角をいぬ曲りたり月碧く深夜の影のそれより死にぬ

軽快に電車すぎゆく摩擦音ねがえりすれば花においくる

生きものの如くに迫る車輌よりしきりに小旗ふるが目にたつ

増結の車輌もやおら現れて真直に迫まる音もせなくに

待ちがてに人等佇《た》つ間も動きゆく車輌は黒し蒸気の中を

風さむき昼ながら陽《ひ》にぬくたまる窓にむらがるはえを殺せり

たまらなく足跡さびし夕光の淡き水際《みぎわ》につづく砂原

自然薯の葉のくろずみぬ朝深くこめる霧さえ重きおもいぞ

病むときき訪いたるわれの胸をつく現身《うつそみ》の師は病み臥《ふ》し給う

師の病むと聞きし驚きいいつぎて朝うそ寒き枕辺による

熱ばめる頬のやつれよ髭いたくのびしとさすり師は笑みたまう

この庭に雪をも見しとのたまうにわが眼はとまる寒き庭辺に

失墜の鳥

啼かぬ鳥のくるおしく、
悲しみは通りすぎてゆく。
裸木にしろじろと心が、つぶやく。
「生きて何するものぞ」
仮面ではない。
道化の歌をばきき給え——。

失墜の鳥

三角にのびあがりあくびする猫の歯のない口中にある退屈な冬
毛ずねだし火形をさする冬閑《とうかん》の炬燵のそばの小人の戯画
降りかかる雪を仰いでいるわれよもう一人のわれの嘲笑《わらい》もありて
触角を互《かた》みにふれるさまに似る手紙やりとりしているおかしさ
貝殻がぼくの胸にはたくさんある恋というはかない音をかなずる
詩才などぼくは生れつき持たなんだ憂鬱《メランコリック》なライナァ・マァリャ・リルケの夢ばかり見き
白い犬と犬を連れくる少女あさの息しろじろと清潔に過ぐ

水際に薄氷《うすらい》張れるきららかさ乏しき思惟を粧《よそ》わんとしき

いちにちの寒さつぶやき立ちながらチャルメラのなる窓を閉《さ》しおり

骨もなきわれの内なる空洞よ見おれば悪の花の笑《え》らげり

裏返えし裏がえしすべもなき罪の内奥《うら》はみられてしまえり

しんしんと冷えしみてくる夜をいねず君にかかわる想念《おもい》にすがる

逢いがたく苦しきことのかわきゆきフレスコのようにみえくる君よ

すがり来てすでに重たき翳《かげ》みせるおんなひとりの罪ならなくに

思い出も野にほむるべし憎まねばならぬは神のたくらみとても

恋愛はもとむるならず白き手の燃ゆるあわれはひとを堕《お》とせり

光芒のごとも傷うつ青き夜のシグナル変る電車路ゆけば

酔いてきていつか火鉢にうつ伏せりわが放埒のすべなくさびし

虐ぐる声のきこえて眼をこらす酔いふす雪の上の月明

わが胸は蛇《（くらげ）》かも知れぬ笑ふこの頬は或いは蝶かも知れぬ

雨そそぐ松の林に身を寄せて鳥なけば己が鼓動も聞けり

月明き夜はレモンの風のむに並木二列の歩みをみする

失墜の鳥は眠れず飛び立てずある夜胸毛を川に流しぬ

かすむ野にわが葬列のとどまりぬ其処に咲いている花はなんの花

ある日また自在に広がるてのひらよ夢も苦悩もここに雑居す

おのずからわれを傷つけやまざれば谷間の水の青さもとむる

胎内にわが笑もゆからからと乾きし草もわれは持ちおり

背腹うつ咳くりかえす風邪に病み誰もおらぬ空にゆきたくなりぬ

コルトーを聴きにゆかんとさそう声透《とお》りて聞こゆ病み臥す空に

ほの匂う水蜜桃よ幾夜さのこころ乱れの掌《て》にありながら

憎しみにもだえ書きしか誤字のあるマダム・ボヴァリイの手紙を焼けり

手を垂《た》れて山みる山の暗きとき鴉とみればあてどなき空
悲しみのいまだも深き傷痕に墜《お》ちゆく真紅《あか》きモジリアニの「裸婦」
人さけてわれを虐ぐ華麗なる白の鳥恋うはうつろなりけり
畑中に家たち昏《くら》き道つづくわれの一生《ひとよ》の学は絶えしか
向日葵《ひまわり》の丈余に過ぎし日の在り処《ど》花実《み》に熟れて悔恨ばかり
雨に濡れ人しれず種子をまく土に天ずり下がる苦しき光り
孤独にて傷つきやすき青年の或る日に「椿姫」は三度読まれぬ
なんのえにしか会わずじまいの繁氏を水底《みなぞこ》のぞくさまにも思う

雪おもて洗いすぎゆくバスの灯《ひ》のオレンヂ色はやすらいに似る

雪原のうねりのひまに見えし灯《ひ》の長くかなしきは汽車と思いぬ

夜の草にひかれる風よ冷えびえと水際から音し遠ざかりゆく

昼を臥すさびしさばかり窓に遊ぶ手拭い沓《とお》く近くま白し

頬に降《ふ》る夜の牡丹雪よれよれに酔いて「トルストイのように死んでやる」

佇《たた》ずめば白い遠嶺《とおね》に向う雲ちさき満足に日々は過ぎゆく

陽当りの強い斜面にうずくまりじゅくじゅくとけてゆく雪と握手す

いそいそと人妻あゆむ暮雪《ぼせつ》やみねぎの匂いや目籠のかれい

街の屋根ひそかに遁走の夢をもつ銀を流せし月夜の楽音

ハンチング取りかむりたる部屋の中の歩みとなりて街に出でゆく

青き葉の陰に生れつつ除々にする世をすねたような虫の面相

不眠なる頭底のうずきかなしみもものうくプロパリン錠を飲み下す

再軍備の是非論あふれる世にありて若き等は怖る兵となる日を

日本に今くる春は奇怪なり軍記・戦記の売れぬ日なしという

カービン銃きみも持つべく不様なる日本国は捨ててしまえよ

平安はつかの間の世か陸戦の砲のとどろきニュースは伝う

踏みにじられ泥まみれなるは無辜《むこ》の民日本の空はむなしく高し

頬笑みていぬる寝顔の目覚むるな襤褸《らんる》の旗はまだ降ろされぬ

巣を張りてやれ安心という蜘蛛の残忍なるは身構えもなき

松の葉に雨ふり青くしたたるに疑い深く眼をつむりおり

黒杉はゆらがぬもののときめおけよ悔もゆる日に祈るよすがに

笹群にそよぎの音はしずまらず木もれ陽するどく心《しん》にいどめり

香ぐわしくみずみずしけれデリシャスを食みて涙の出づる思いす

夜ひかる線路をゆけり伝りくる重きひびきに死は約されぬ

折りふしに思うとげ得ぬ恋のごとはかなくダリヤすがれて黒し

墓地すぎて坂のぼりゆく窓くらくわれを待つモンテルランの憐愍

電車ゆく黄ばみ田遠く夕映の金の筋雲むらがる鴉

詩を想うなげきは何んぞさびさびと落葉ふみゆく陽のかげの街

街の灯の胸にひらくる橋に来てまなこに映《う》つるかなしみの意志

砂原に投げいだされし現身にどこまで碧き空の不思議よ

霧の夜をゆきて眼にたつ恋人を殺せし海彼《（かいひ）》の男優の顔

ひとりきくハンガリヤ舞曲の進むときうつろの光《かげ》の夜の白雲

さびしき神

ぼくのすべての悪を知り、そしてゆるし給う神よ。
ぼくのゆく道は苦悩にみち、
恋し愛しあう　それさえも悪だとぼくは思いこまされます。
ひたむきに慕う観世音も、
ぼくには毒杯を盛り嫣然と笑うのです。

さびしき神

冬日射し縁をめぐりて掛軸のことりと動く日本の部屋
水に映《う》つる顔のゆがむにしまらくはひとりの憎悪たのしむごとし
炭に火の移りゆく速度目守《まも》りいき抵抗というはかなしきカオス
てのひらにもて遊ぶおもいさまざまに菌はなちある時間がたのし
太陽を犯す素肌の輝やきて空そのままに捧げる体操
降りかかる木の葉仰ぎしいつの日か大人のことば身についていき
いたわられ人に向けたる微笑さえ内にいためり神の心根

片影の街をゆきしが人も見ず砂漠のごとき車庫にてる月

掌の赤き汚点《しみ》青き汚点《しみ》など真夜《まよ》の灯《ひ》にかざすことにもなれつつわびし

貧しさに克つことは何指太き Mukuronzyû も歌を詠みそむ　（Mukuronzyû は弟の渾名）

とぼしさはなれてかゆかん月を背にラーメン啜る明日の日のため

荒毛立つ軍鶏《しやも》はもわびし雨しぶく暗き日中をなごむことなく

うつけなくたてば昏《く》れゆく水のごと空をうつせる姿見の前

疲れ果て独りの飯を炊《た》かんとぞ暗き押入れに米はかりおり

庭の面《も》に霜けば立ちぬ雀きてなけどコンロに火はおきがたし

疎林出て夕月とまるふりかえり暗き面輪のひとをやさしむ

月の光《かげ》まなうらにしむ大木の觸手は空を領すと仰ぐ

えりあしの青澄む寒さ雪の道添いきて別れのことばがいたし

頬寄するこの静けさや相逢えば夜びえの光り石に降りくる

庭土のしめりにひそといる雀はなの季節を知らぬ貌せり

うたうなく過ぎける春よいつよりかねぎの香のごと育つ恋愛

花買いて部屋のあちこち持ち歩きなにが楽しとふと惑いけり

なにもせず部屋にじっとしている不思議さを思い歩みはじめる

車きてやがて氷室《ひむろ》に氷切る朝の目覚めのこの清冽よ
たたかいに得たる身の内桎梏の歌はいつの日喪《うしな》いゆかん
小雀《こかい》なく藪の明るささいわいは寡黙となりしときにみちくる
さくらばなあやにみだるる夜を深み待ちわび堕《お》ちるは火の鳥ならむ
街の屋根ひらひらこころのぞき来るゆれやまず懺悔のしきり
音たてて中空を飛ぶもの狂い星くらがりにあやまち堕《お》ちぬ
垣越えて咲きよる花の赤き芯ふみしだき春のおごりの色に
花たけて身もだきよする恋しさも激しとみれば疑いぞする

巾広き夜の路上のたのしさは人を忘れる自在の飛行

闇《くらやみ》ゆもの思い来てぶちあたる明るき窓は涙ぐましも

美しき裾のみかぎて彷徨《さまよ》える犬は痩せたれ楽しみつきず

うつむきて坂のぼりゆく酔どれのわれに誹謗の声をききけり

疲れ来て灯《ともしび》かざすゆらゆらとゆらげる時にひかる梨の実

梨の実を見あげし我の目路とおく高き樹木と昏るる山脈

梨の実を見上げる孤独群青《ぐんじょう》の空にまったく重い梨の実

梨の実の熟れたる匂いしみじみと眼蓋に重き秋の陽をあぶ

夜の空はな匂い来てうらおもてなきやさしさに眼とじやすらう

千切られし花の身しろき夢さめて感ずることの鋭どくなりぬ

さりげなく去にしかの日よ許されぬひとに花の明かりは添うなに

許されぬ恋にするどくゆきにけり暗き雨ふるさくら咲くみち

今ここにわれのいのちの二つなし思いは薔薇のくれないを焔《ひ》に

緑蔭のねむり深きにさやさやとひと恋う傷をいやしめたまえ

夜の海くらく激しき波足よ砂ほりもだう恋いておりしか

信じつつたどきも知らぬ日もありきはばまれ堪えてどの道ゆかん

走り来てささやき告ぐるしっとりとぬくき手とれば朱に染む指よ

ひそかにも伝えられ来し言葉なれ我が誕生の夜の灯《ひ》にじむ

しめやかに雨くだる夜のピアノ・ソロこらえかねたる涙ながせり

確かなる愛のあかしを得たる日も縋《すが》るかたなきわれのさびしさ

おぎろなき天の積み雲たえ堪えて底ごもる血のなぜかうらぶる

毒のある匂いはしらず雑草も百花さかせる夏いたれるに

憎しみてその折々にみし男の蛇のようなる眼を記憶せり

花いけて汝《な》がありありしうれしさか体中あかるく歌うたいやまず

手をのばし灯《ひ》を消す夜半のたまゆらにやさしきものの添寝かにたつ

ひかりとも笑みこぼすなれ何花かわがししむらに触りて切なき

頬ぬらし泣きし愛しさいたむ瞳《め》に薔薇とおもいぬ掌《て》にひきよせて

さびしさはむなゆらぎして云いがたし紅ひきおえて立ちゆかんとす

木瓜の花辨《かべん》しろくかそけく散りいたり黒き地底の死者らやすらう

旱池峯に雲かけてゆく無垢なるはうらぶれ果てて夕べ声のむ

生きものの苦渋のまなこだらだらと雨はしたたる青きネオンに

夜すがらをわれをおもうと足枷《あしかせ》のひとの心象《こころ》は幽鬼のごとし

歌集未収録歌

石蕗の花

青き物庭の片すみに萠えて居りかけ寄りて見れば蕗の臺なり

自ら日にぬくもれるまろ石に頰寄せて咲けるつはぶきの花

ただひとつ群を離れておのづからさびしげに居るつはぶきの花

五年間せしこともなき握手をばして別れたり卒業の日に　（卒業）

お冬至の祭に行きてこの頃すこし思ふ少女にあひにけるかな　（冬至祭）

「詩歌時代」一巻三号、一九二六年七月、創作社（読者推薦欄・若山牧水選）

伊豆大島の歌

磯草にいねてし居れば顔のべの花に射し來るあさひ子のかげ

朝まだき早や日の熱き心地すれ前松山のせみのこゑごゑ

山傾斜冬枯れしるし今日見れば子等も遊ばずなりにけるかな

囚人の聲かもするとい寄り立つ高塀のうちにものの音せず

大島の歌は説明が勝つてゐます

（巣鴨刑務所）

「香蘭」五巻三号、一九二七年三月、香蘭詩社　（酒井廣治選）

國府津《こうず》

わだおきの大島の嶺呂が吐く煙夕かたまけてたたなはりたり
島の上に煙たたなはり夕ちかしひとすぢは猶し立ちつづく見ゆ
火山島に煙湧きつつ見ゆれども沖合とほみ凝れるごとし

「香蘭」五巻六号、一九二七年六月、香蘭詩社（酒井廣治選）

銀鏡と嘆息

思ふことこのやうに顔に出るものかさうと知らねばひとにも會つる

鏡見るとふ氣どりなくして見しゆゑにこころそのまゝの顔やうつりし

いつかは君來むといふかすかなる望みだに持たばこらへもすべし

ほかの女さがさむと思ひしその時はいささかこころ輕くなりしか

おさとよりはしくあれよと歩道來るすれかふごとの女をまもる

襲ひくる吹雪に氣づきリーダーのさけびし聲はするどかりけむ
（針ノ木峠遭難者をおもふ）

うづまりし眼の前の白き雪の上に母の面輪のうかびしといふ

涙のこぼれむばかりの眼があひぬわらひにまぎらしぬしばだたきつつ
（生存者の實況放送をきく）

言絶えしこの數秒のたえがたさきこえしとおもふ咽れるがやがて
（放送者はつひに泣きたるごとし）

砲丸を投げむと身構へて止めにけり犬がいつしんにこちらを見てゐる
障子のやれ間のぞけば青き石見ゆ「石」を歌はなければならなきわれに
（ある歌會にて）

詠草

荒地野菊の綠を淺み夕原にいまだも消えぬ草明りかも
「香蘭」六巻三号、一九二八年三月、香蘭詩社（村野次郎選）

夜道

野中道わが前いそぎゆく娘うしろ向かじときめたるらしも

わが前を肩すくめゆく娘にはもの言はぬ方がよしとしおもふ
ときどきに女は道をあけぬれど今さら追越すわけにゆかずも
目とほき夜道來にけりほとほとときこゆるものはわれの足音

「香蘭」六巻四号、一九二八年四月、香蘭詩社（村野次郎選）

睫毛のかげ

ひさしぶりに相抱くなりひとめ見てものも言はずに抱きしめにけり
詩人ギヨウテはよい景色を見ると射精したと云ふ
力こめて抱きしむれば氣は遠しあつき〇〇〇〇ほとばしりつつ

キスせんと思ひつむれかうすやみに眞赤な唇が見えにけるかも

キスしつつわが舌のほの押してゐるひとの齒間《はあひ》のやや離れたる

輪廓のまれにただしと讃えにしくちに觸るればこの柔らかさ

唇ひけばまなこうつすらとひらきたり睫毛のかげに笑《ゑ》らぐ瞳を

舗道《いしみち》に薄日さし來ぬうち仰ぐ〈ヤ《やまや》の金《きん》のにぶき反射を

現し世の一羽三圓の珠數掛鳩まなこ圓《つぶ》らに粟はみてをり　（新宿の三越）

春の日は長くなりにけり原道に日の位置と時計を見くらべてゐる　（散歩のかへり）

「香蘭」六巻五号、一九二八年五月、香蘭詩社

白菫抄

學校歸りの兒童等《こどもら》が原を來《きた》る見ゆ草の生へしを嗅ぎつけしなり

綠草《くさ》見ればたゞならぬ感情《おもひ》わき來るか頰すりつけて少年《こども》とほれる

何はなき甘《あま》へごころかよ春の草原にわざと蹌踉《よろ》けてゆく兒童《こども》見ゆ

眞白の蝶過ぎゆくとばかり思ひたりふんはりと鼻を搏《う》ちゆきし翅《はね》

わが鼻をうちゆける蝶のほのぬくみ鼻の頭にし保ち味はふ

麥の上を遠ざかりゆく白き蝶いまわが鼻に觸れゆきしなり

白すみれの花を可愛《かは》ゆと噛みしかど滲みづる液汁《しる》のうすう苦《にが》しも

「香蘭」六巻六号、一九二八年六月、香蘭詩社

詠草

麥をわれいたく愛すあをくとほきたるみれば胸はいつぱい

「香蘭」六巻七号、一九二八年七月、香蘭詩社

言葉——未成品——

かうやつてねむれずに想つてゐることをすこしもしらないといふはづはない
あはぬ間にふかくなりすぎたこころゆゑつきもどさるるようなおもひしてゐる
知らぬふりしてとほせるものならばとうの昔にふりきつてゐた
まざまざと見せつけられてことばなぞおもひ返してゐられるものか
いきどほりこらへうるようになつたのもあまりしあはせなこととはいへぬ

「香蘭」七巻二号、一九二九年二月、香蘭詩社

珈琲店にて

ひとのゐてすこしおもはゆいきもしつつ卓上のはなをわがかいでみる
われわれはお茶のんでゐてもいいのだとおもひきはめてさておちやものむ

「香蘭」七巻三号、一九二九年三月、香蘭詩社

夜の一聯

灯のくらき安全地帯こつこつとゆきもどりすればここがなつかし
hawaiian guitar の音いろかなしみをおどりあがらしますすらしむ

hawaiian guitar の solo のやすつぽきわがかなしみにぴつたりとする

われのかなしみ strawberry cream の甘ずつぱさとまぎれあひつつきえてゆくらし

たくさんの cup のうへの灯のすじのややはなやかにわれをするらし

chcolate《ショコラ》 買ひ pocket にいれもちゆけばすこしにぎやかな氣もちになれり

家もみちもいちようにくろく灯ばかりが穴のごとくしろき町ゆきており

われのうちに susie《スウジイ》 といふおとめゐて susie とよべばまばたきをする

「エスプリ」一巻一号、一九三〇年四月、エスプリ社

無爲の研究

第一章

ぼんやりと室にすわれるあひださへなにかしきりにおひもとめゐる
くるほしくなにかもとめてやまぬものうんじゐるわれをやすませぬなり
なにしてもおもしろくなくなれるわれキヤンデイの類をむさぼりてゐる
ひとりしてたのしむべくはすきなものたべてゐるよりしかたのあらぬ
たべものに氣をとられゐしあひだのみわれにはらくな時間なりしか

第二章

することのなき夜長くてあかりつけトイレツトにしまたもはいれり

眞夜中のトイレツトの中に灯がついてわがぼんやりとたたずんでゐる

四壁のタイルましろくわれめぐるトイレツトゆゑ氣やすきならん

鏡見ていろんな身ぶりしてをればわれをわすれてしばらくたのし

第三章

何一つわがおもふようにならぬなり自殺しちまふがいちばんならん

ピストルを額にあてしさむさすら今宵おもへばおそろしくなし

死なんとして死にきれざるは負かせりとうぬぼれらるるをいやなればなり

生きてゐても仕方なささうな人ばかりむかうから來る死ね死ね諸君！

付録　珈琲店前期

泣くようなワルツはじまればたましひのぬけだしてゆきひとのともつれる

ワルツのメロデイのながれてゐしあひだおもひたることはほんとにたのし

テエブルの瓶のくさばなに氣がついてはなのありたるをまだしもとおもふ

「エスプリ」一巻二号、一九三〇年五月、エスプリ社

作品

自動車のくるたび光る街角《まちかど》の二本のレエルそのたびに見る

まつしろい石で張りつめた室《へや》のなかうすねずみ色のたましひが飛ぶ

「短歌月刊」三巻二号、一九三一年二月、短歌月刊発行所

相圖

梨花《りくわ》が白く咲いてゐたといふ春の日よむかしむかしの春が知りたい

「短歌年鑑」一九三三年、立命館出版部

東京歌會記

嫌い出した日より少し早くかのあまりにも美しきに嫉み抱きいだしたる

「日本歌人」一巻五号、一九三四年、日本歌人社

歌會報告

秋明るきくわりんの林わがゆくにけはしきわれの眉もひらきぬ

「日本歌人」五巻一号、一九三八年、日本歌人社

応召期（一九三九～一九四五年）

戰場の歌

夜を徹して立哨すればオリオンはひむがしにのぼり西空に落つ

眞夜なかの歩哨はさびしオリオンも天頂にありてとほくきららか

明けちかくオリオン星《ぼし》の西空に逆しまとなりて懸れるものを

うかららの寝顔思へばことごとくうかび來りてあまり明らか

うかび來し寝顔のひとついとどしく瘠せければひたに祈りけるかも

哨樓の夜風は寒しわが友ら妹をかなしと言ひて寝《ぬ》るらむ

胸墻《きやうしやう》にその柄《え》觸れてゐるひしやく星我家《ほしわぎへ》の檜葉の稍《うれ》によく見し

トオチカに明けちかき燠《おき》を守り居りはじめての手紙着きしころかも

望樓に暗を見張つて原隊の酒保の大福をおもへりあはれ

やうやくに交代を終へてかへる時松の薪は音立てて燃ゆ

鐵甲のうちより出すビスケットトオチカの夜半に分けて食うべつ

○

かはたれを山青めればしまらくはふるさとの山とまちがひ眺む

夕月夜を分哨にわれらいそきけり石橋の彫りも見て渡りつゝ

クリイクの曲り目廣きうす闇の向岸《むかぎし》に白く山羊のゐて啼く
クリイクのここの曲りの廣くして夕月のかげはや震へをり
夕月の畦に出會ひし支那農夫岡倉天心によく似たりけり

○

野末には大日のぼりクリイクに盥を漕ぎて來る男あり
野のはては日輪べつたりと眞紅《まつか》にて震ひもせずにのぼりけるかも
朝の野を分哨ゆかへり來るときつき來る野犬の頭に霜あり

「文藝春秋」時局増刊、一八巻三号、昭和一九四〇年二月、文藝春秋社

陣中歌

○號橋橋梁哨にて

見張る夜のおちこちにしてクリイクのせせらぐ春となりにけるかも

○○巷警備隊にて

肅清ゆかへりの戰友《とも》が梅の枝かざして來れば春もまぢかき

肅清の戰友《とも》が家づとくれなゐの梅の花嗅げば梅の香ぞする

○○縣城にて

雲空のけさ霽《は》れにけり石井戸のつるべおろせば綱のみぢかし

ひさびさに野に出《づ》れば田に水滿ちてはだしの少女《をとめ》鋤とるが見ゆ

○○鎮にて

山肌に春の色見ゆとここにして心をどるともせんすべなきに

花岡一等兵に、○○莊附近にて

スノオ・ドロップ咲きたりと告げて來し戰友《とも》につき行きて見し空色の花

農園を持つとふ戰友《とも》は春あさき岡深く行きて野花を探す

クリイクの土手に見いでし丈《たけ》低き蒲公英《たんぽぽ》にわれの頬笑《ゑま》ひつも

○○巷警備隊にて

かはたれを鐵條網のあたりにて雉子《きぎす》くぐみ啼く戀するらしも

わが立てる二三間先のうすやみを兎歩み居り眼の見えねかも

われ夜毎い向ひて立つひんがしは日本のかたはるかなれども

新月のいたく若しと立ちしかどかへり見しときにはや入りてゐつ

立哨に寒かりし季《とき》は過ぎにしが春の夜空は星のさびしさ

春の夜は星ともしけど明けちかくスコルピオ座の東にのぼる

いづかしきスコルピオ座が尾を垂れし丘のあたりにて銃聲ひとつ

蝎座は夏星なれど春の夜をにぎはひせすと夜半をのぼるか

×

夜となれば四圍を敵めぐるこの丘にきびしく見張り幾日を經し

まなかひに敵陣をおき高らかに朝《あした》ゆふべの喇叭を鳴らす

鐵條網にものの音すれば叫びつつはづめる呼吸《いき》を抑へかねつも

まなかひの稜線ゆ射《う》ちて來し夜半はまなじり裂きて見張りたりしか

杉本一等兵に、○○鎭にて

分屯の友ゆ分けて來しチヨコレエト銀座おもへよと書き添えてあり

食べたしといつか言ひけんおぼえ居て杉本の送り來しチヨコレエト

東京のチヨコレエト食《た》うべその味の消ゆるなと何も食うべず眠る

×

有樂町日比谷日劇の一廓《ひとくるわ》我が家《や》の庭のごとく眼に見ゆ

日東のサンドウイツチのよき娘人形めきて今日も立てりや

星ケ岡嵯峨野なには家紅葉館！　中支那の野に菜《な》を嚙みにつつ

○○作戰開始、我は留軍にあり

留守隊は襲はるるものと隊長のわれらをじつと見て行かしけり

出で行きし戰友《とも》傷つかば留守隊にありとことさら心痛まん

討伐隊いで行きしあとをうち寄りて彈藥の數をかぞふる宵か

一指を觸れしむな汚名を受くるなと留守隊長の言《こと》のゆゆしさ

部隊は七日に百里を突破、○○縣城を攻略して歸る

かへり來し戰友《とも》迎ふれば頬たるみ腰かがみつつ飽くまで歩む

二三日ただ口をもきくらんとへとへとの戰友《とも》が裝具をはづす

悼飯塚准尉

飯盒《はんごう》に買ひて持て來しゆであづき拜むがごとく喜びくれし

赴《ゆ》かししと聞きける人を列中に求むれど空しゆき給ひけり

一刀に斬りすてし敵の指動き放たれし彈丸《たま》に死したまひけん

「あの野郎」とよく言はれしが判りよき教官殿とわれは知りゐき

闘ひてかへりし戰友《とも》の木銃の氣合はげしくなりにけるかも

我も遂に虱を湧かしぬ、半日作業を休みて空鑵にて衣服一切を煮沸す

伊達者《ダンディ》と自《し》を想ひしかつつましくま裸かとなりて虱《しらみ》を煮るも

わが衣《きぬ》に虱見いでつる日の暮れはしみじみとして家想ひけり

栲綱《たくづぬ》のしらみ湧かしたることさへやいとしまるればここも樂しき

「春天來了《チユンテイエンライラ》」、○○庄にて

炊事苦力の家の背後《はいご》の竹藪も春はうす黄に色めきにつつ

まん中に入口のひとつある家の背戸になだるる麥の畑《はた》青し

一軒家前の田圃に春日照り水牛を追ひてうなひはじめぬ

春稍ゝ深む

らつきようの瓶に活けたる桃の枝すがすがし今朝は花をひらきつ

X號トオチカの前に咲く花を心に持てば今日のゆたけさ

我が陣地畠《はた》にありたらし六茶九茶に菲生ひければさみどりとなる

この朝望遠鏡《あしためがね》に見れば村村の楊柳《やなぎ》芽ぶきつ見の飽かねかも

粛清行軍途上、〇〇庄にて

むらさきのすみれ花見れば兵われの心やさしくなりてかなはず

前川佐美雄に

モロゾフのチヨコレエト食うべ包み紙擴げて見居りその華やかさ

「日本歌人」一巻七号、一九四〇年一一月、日本歌人発行所

手紙と慰問袋

○○巷警備隊にて

たのしくてまた取りいだし人の書翰《ふみ》かく繰りかへし讀むとおもへや

捲きかへし人の書翰《ふみ》讀めば新らしきこころの襞《ひだ》のまた觸れ來《きた》る

何や彼《か》と慰問袋にありしもの心にかぞふもはやあらぬに

我が弟克巳公平我を追ひて戰地に來る。一は内蒙に一は我と同じく中支にあり

かの空のあたりにて我が公平ははや眠れりやさあれと思ふ

いやはての沙漠に征きし弟はあまりに心やさしかるもの

「短歌研究」九巻一一号、一九四〇年一一月、改造社

便り

中野正剛氏に、三國同盟成立の頃

三國同盟成ると聞きつついちはやく君が笑顔をわれ想ひけり

同盟は遂に成らじと語りける去年《こぞ》の春の夜は寒かりしかな

○

眼の玉を白黒させて物を言ふ本多大使も笑《ゑ》まひつらんか

福山寛邦中佐に

同盟の成るよ成らずよと日を繼ぎて語りにけらし去年《こぞ》の春ごろ

「慶祝日德義同盟成立」の横字幕を南京市内に張って歩いた

新街口夜半の鋪道に膝まづき宣傳の字幕ぬふ少女《をとめ》たち

濠を掘り木樵《こ》りし思《も》へばたはやすし宣傳の字幕われも縫ひつつ

○

傳單を撒くと來にけり支那人の往き來織るごとしここは夫子廟《フツミヤウ》

三浦逸雄氏に

イタリイ語獨り學びをはじめしが日獨伊三國同盟成る

三年《みとせ》前三浦逸雄に教はりし伊語獨習書支那で買ひけり

「日本歌人」二巻二号、一九四一年二月、日本歌人発行所

花と蝶と娘

春の一日、草野心平、上路忠雄兩氏と
金陵女子大學の庭園に遊ぶ

歸途

片岡をめぐる道廣しあらはれて花の枝かざし姑娘が來る

「黄鳥」創刊号、一九四二年一一月（発行人草野心平、編集人石川信雄、木村印刷、南京市）

南京の春

「唐詩選」を讀む

今年花發路傍枝
年年爲客不到舍

今年また明孝陵《みんノ》の桃さくら四度《よたび》の春を歸らざりける

中央大學農園にて

中央大學農園に入りて眺むればさ緑の上に白し北極閣

咲きつづき作りものめく八重ざくら芝居のやうな氣持にて歩む

八重ざくら枝枝つつみたわわなり幼な眼に見し雪げしきかも

花の並木なかほどにあるさ緑の鳩小舍の屋根に遊ぶ鳩あり

むらさきの蘇枋咲く徑《みち》のすぎてゐてむかうはいちめん菜の花のさかり

さくら花咲きつづく小徑たそがれて水仙足もとにあかりをともす

耳朶《たぶ》に夕かぜかすかに音せりとおもひつつ見る紅き鷄鳴寺

中大農園墻外《かきと》の路の夕まぐれ楊《やなぎ》のうへに紫金山が見ゆ

玄武湖翠洲にて

楊の絮《わた》しきり飛ぶからに見あぐれば枝枝の上に淡雪つもる

いちめんに湖《うみ》のうへを舞ふ楊《やなぎ》の絮《わた》しましみぞれの湖《うみ》と思ほゆ

迎紫堂にて

迎紫堂圓き花壇は金魚草、三色すみれ、薔薇《さうび》、筑波根《つくばね》

梁洲にて

藤棚をくぐりて行けば垂り房は七分咲きにて山鳩のこゑ

藤だなの下にノオトをとりてをれ花落ちてあたる帽子のつばに

藤棚の今をさかりか一枝《ひとえだ》はそばの大樹によぢのぼり咲く

荷苑茶社

島めぐる並木路にも絮《わた》舞ひて自轉車に乘り姑娘《クウニヤン》が來る

環洲にて

湖沿《うみぞ》ひのコンクリイト道柳の絮《わた》あるかなきかの夕かぜに走る

香りよき木の花を惜しと思へども品《ひん》よき支那の少年に與ふ

品《ひん》のある中國少年木の花の枝を與ふれば「ありがたう、ございます」

プロシヤ青の夕空に紅き林檎の實《み》ほうり上げほうり上げ色をたのしむ

楊《やなぎ》飛ぶ玄武湖《シエンウウフウ》に春日うらら水より陸《をか》よりあがるこゑごゑ

紫金山雲間より落つる夕光《ゆふひかり》金色にしてかげはむらさき

我が弟公平、武男征戰に從ひ共に大陸にあり。一日、公平公用によりて來寧す

衢州の最前線に稲を刈り搗《つ》きて食《た》うべしと言ひにけるはや

この我に性質そつくりの弟と飲めば女が見くらべて居る

何からなにまで心のうちにあることをわれに告ぐるか弟なれば

相會ふ日またありやなしやしかれどももだして別る吾《あれ》も吾弟《あおと》も

「花と蝶と娘」拾遺

この野べに草摘む姑娘《むすめ》むかう向きうづくまりたるしり圓くあり

百歩坡附近

ひともとの楊《やなぎ》芽ぶきてあをき影《かげ》草におとせり草摘む姑娘《をとめ》

紋白蝶羽をうごかして舞ひてをり鋪道《しきみち》のうへに影も舞ひつつ

正《ただ》に心緒《おもひ》を述ぶ

かへりみればこの五年《いつとせ》やをみな子にこころ與へしことなかりける

をとめ子のひたの見まもり唇《くち》のべにおのづ泛み來る微笑《ほほゑ》みをかも

をみな子はこころ弱けれいくさ人我がかたくなにきづつけしあはれ

吾妹子《わぎもこ》とつひのまぐはひあらじとも戰《いく》さに死なばいさぎよきもの

蘇州少女

寒山寺に行く道

赤ん坊から子供になりたての女の子蕎麥《そば》の畑《はたけ》をあゆめりもとな

寒山寺にて

鐘樓のうしろの空き地雜草《あらくさ》のあらぶるうちに黃なる菜の花

楓江第一樓堂前《まへ》の庭もそばを植え桃の枝には小《ち》さき實《み》のなれる

楓橋はいづこに楓江第一樓土塀《どべい》の外に高き反《そ》り橋

楓橋

楓橋の橋の最中《もなか》にある拒馬や今は平和にて守《も》る兵もなき

虎邱

虎邱《こきゆう》の團扇《うちわ》賣りむすめかしましく虎邱に行きて虎邱を見ず

前線拾遺

昭和十五年春のノオトより

直巷陣地にて

春さればかぎろひにけり敵兵の居る稜線もふるへつつ見ゆ

黄金山偵察行

我が陣の鐵條網を出で行けばまた歸り來むわれともおもはず

敵陣を探らむと行く道のべの菜の花ざかりにくみけるかも

銃《じゆう》さげて走りつつめぐる野づかさやすみればかりにてむらさきなり

跳《と》び込みし日だまりのなかのすみれ花濃むらさきにぞ胸を打たれつ

敵陣に今はま近き小休止菜の花の黄の眼くるめくがに

磨かれし輕機据ゑたる塚の上にきんぽうげの花の小《ち》さくきらめく

直巷村《ちよくこうそん》右手の塚の李《すもも》ひともと陰翳《かげ》ある花をあに忘れめや

敵前の村山羊の仔《こ》あまり小さくて銀座「アザミ」のおもちやの如し

その歸り

我が陣の鐵條網の見えそめつ今朝《けさ》出でし時に想ひしことども

春淺し

京染屋乳しぼり木樵《きこり》雑誌記者一色《ひといろ》に濠《がう》を掘りゐるところ

中支那や直巷村《ちよくこうそん》の丘の土われも起《おこ》せしといつの日か言はむ

中隊への連絡兵は概ね郵便物の宰領者なり

展望哨呼子《よびこ》を吹けば丘の上に連絡兵のあらはれにけり

連絡兵丘にあらはれ軍犬の道をはすかひに走りくだる見ゆ

向丘《むかおか》を今し下り來る連絡兵たれの手紙を持《も》て來るらむか

外線鐵條網のま近くに來し連絡兵手紙の束をふりかざし見す

慰問袋手紙いちどきに着きし夜や足どりしつかりと動哨ぞする

君が手紙つきたる宵や新たなる月さへ細《ほそ》く生れにけらし

冬の想ひ出

歩哨交代の靴音遠くなりにけり蠟燭の灯《ひ》に手紙書きつぐ

凍る夜の濠《がう》を行くとき悔い多きおのが半生《なかよ》を嚙みしめにけむ

佐佐木茂索氏に

さ夜なかの吹雪《ふぶき》に立てるこの我にねむごろなりし人のまぼろし

昭和十四年冬、弟公平戰地に來る

弟のまぼろしに軍衣着せ砲身をかつがせけるに微笑《わら》ひ居るかも

母の如く慕ひし伯母死すとの報あり

我が伯母のゆきたまふとぞ知らされし宵を歩哨に立ちにけるかも

原隊にわれ在りしとき田舎より面會に來てくれし伯母はも

生きてませばよもぎ餅乞はな支那の野や蓬のなかに伯母を想ふも

ある時戯れに
木木の上にたくさんの海膽《うに》のぼれりと鵲《かささぎ》の巣を見てゐるわれは

薛埠鎮警備隊にて
時すでに春となりければやすらひてこころ「春、春」と呼ばはずなりぬ

春の日を肌うす紅《べに》の磨盤山はだらの影は泛ぶ白雲

畠中《はたなか》の水楢の大木みどりして鵲《かささぎ》の巣もつつまれにけり

肅清行軍途上、西村にて
池のむかうに梨の花白し戰友と我が見てゐれば閑古鳥のこゑ

ある時
兵器庫のかげに咲きいでし薔薇《ばら》あわれ死ぬべき我に想ふ人なし

花もなき荒草《あらくさ》のうへに白き蝶見のいさぎよし兵隊われは

續、直巷陣地にて
我が陣地の裾に小《ち》さ《ひ》く紅き廟麥《ミヤオ》緑《あを》くのびていよよ紅しも

敵陣と中間の村の楊《やなぎ》の木あまねく芽ぶき見のねたきかも

陣地の裾崩れかけたる家かげの櫻の花はわれに見られつ

光華門即吟

伊藤中佐墓前の桑に鳴く鳥のかなしきばかり聲うるはしき

光華門に立ちて眺むればひしひしとここに迫り來《こ》しつはものの意志

光華門のこの固さはあくまでも攻め取らむ意志は落しけむかも

伊藤大隊死を以て保つと誓ひけり言葉にはあらずみな死しにけり

田端傳令そこに倒れきところゑふるへ抑へかねけむ鷹尾中尉はも

「黄鳥」三号、一九四三年五月、木村印刷

華北従軍抄

みんなみの知らせは言はず北支那の民心を説く大き将軍

（岡村最高指揮官と會見せるはサイパンの悲報ありし朝なり）

陰山の空ゆ見かへれば歸綏城ふるさとのごとしはや遙かなる（ゴビ宣傳行軍の途次、陰山にて）

「文藝春秋」二三巻三号、一九四五年三月、文藝春秋社

莫愁湖の初夏

六朝時代、盧氏莫愁は夫の北征後孤閨を守り、梁武帝から嬪妃たるを求められた時、湖に入って自盡したと言ふ。湖は南京西郊にあり。

華嚴庵白壁の上にひろごれる空の青ふかし夏近みかも
門前の甃石道《しきいしみち》に空のうつり自轉車を習ふ藍衣の姑娘《むすめ》
華嚴庵の石廊に立てばいちめんの蓮《はちす》わたり來る風の音かも
莫愁湖みぎはの古き礎《いしずゑ》にさせる日ざしもすでに夏なり

勝棋樓絲垂なる兜の身じろぎせず水《み》の面《も》にいでし蘆の稚《をさな》さ

勝棋樓の窓べに倚れば湖《うみ》のかなた城壁のうへの丘に廟《みやう》あり

（清凉山掃葉樓遠望）

「新女苑」八巻八号、一九四四年八月、実業之日本社

八達嶺警備隊を思ふ

昭和十九年夏、北支蒙疆従軍の途次、八達嶺に遊ぶ。
山中の分哨生活は我も経験あり。

八達嶺分哨長のいと黝《くろ》く微笑むに若き歯の揃ひつつ

山の中に分哨を守《も》りてはつかなるたのしみもあらむ我も知れるに
長城は天《あめ》の架《か》け橋磚《せん》のへの日ざしにあかしかまつかの花

「新女苑」九巻五号、一九四五年五月、実業之日本社

汪主席閣下に呈す

上下のへだてつゆあらぬみあしらひこたへむとわれも心ととなふ
人間に人間として向きたまふ御心にひたに觸るるうれしさ
林部長と呼べばかならずふり向きてにつこりと微笑《わら》ふ笑顔をわれは

我が心ふしあはせにて折りふしは人きづつけしとつくにびとも

「やまと」一巻一号、一九四四年一月、大雅堂（「民族短歌」改題）

上海漫吟（昭和十八年の春のノオト）

蘇州河畔歩むまなかひに聳え立つブロオドウエイ・マンシヨンズ何するものぞ（或る朝）

芝庭にダリア群れ咲きあかかれどヴェランダによぢし白薔薇をわれは（陸軍報道部長公館）

「やまと」一巻二号、一九四四年八月、大雅堂

北京雜詠

戰ひの祖國に及ぶきはみさへおもひきはめていで來しわれを

濠端にバスを待つ人うち揃ひ繪を描いた扇子しづかにうごかす

詠草

み社に幾百年をへし松の梢に高く月を仰げり

「やまと」一巻四号、一九四四年一〇月、大雅堂

垂下り並居る稲の穂の先にしたゝるばかり露結びをり

「やまと」一巻五号、一九四四年一一月、大雅堂

南京陰陽營

そがひなる藪うぐひすのかなしさやわれに近づくもひと啼きごとに

詠草

刈る稲の殘り少なりぬれば午後の日ざしも薄らぎて來ぬ

薄暗きゆうぐれ時の靜けさに稲刈る鎌の音のみぞする

「やまと」二巻一号、一九四五年一月、大雅堂

さら〳〵と小音をたてゝ舞ひすぐる木葉さびしき冬は深みぬ

「やまと」二巻二号、一九四五年二月、大雅堂

雲たるゝ空に敵機の爆音を聞きつゝうくる徴兵検査

目に見えてのびゆく麦にそよぎつゝなまあたたかき春風の吹く

「やまと」二巻六号、一九四五年六月、大雅堂

上海漫吟

支那人の心はかくとすまなしと怒るがに言ひて泣きし君はも（柳雨生君に）

上海の靜安寺路のあかしやの大き館《やかた》に目さめけるかも（陸軍報道部長公館）

芝庭に向ふ露臺や路へだつ愛儷園の郭公のこゑ（愛儷園はハアドン花苑なり）

愛儷園や今翔びて來し山鳩は我がまなかひのあかしやに入る

外白渡橋を朝渡り來れば陸戰隊歩哨交代せりむき合ひにつつ（外白渡橋はガアデンブリッヂ）

「揚子江」七巻九号七二、一九四四年九・一〇月合併号、揚子江社

日本に還る

われ戎衣をまとひ大陸に在ること幾年、任果《まけ》てて還る船の甲板より九州の山々を望む

戰ひゆ還りきたりしてしづもれる祖國《おやぐに》の山を見ればば足らふも

のぼりたる日にけぶりつつ青々し祖國の山を今ぞ見にけり

島やまよわれ幾年を異國《ことぐに》に汝《な》を護《も》るとしたたかひけらし

島のまのともしび臺もはらからのいそしむ島とおもひて見しか

みづみづしかの島島ゆみんなみに西にまた北に出でて戰ふ

関門海峡に入る

日本《にっぽん》の陸《くが》とくがとの寄るひまに入らむとすればうつつともなし

「文學界」一一巻四号、一九四四年四月、文藝春秋社

江上飛行吟

ちぎれ浮ぶ白雲の上を翔《か》けゆくや白雲のひまは地圖なす大地

大陸を言ふべくは水を湛へたる大いなる盆の安徽を飛ぶも

眼の下はいちめんの水びたしはつかなる土の隆《たか》まりにむらがる家群《いへむら》

「航空文化」四巻二号、一九四五年二月、文藝春秋社

國民政府還都五周年を祝す

三月三十一日、孝陵櫻林に野宴催す習はしなりしを思ひ出でて

國民政府還都記念日の近づきぬ孝陵の櫻咲けりやいなや

孝陵の櫻今年は美しく咲け汪先生のねむりたまふに（汪主席陵墓は明孝陵のほとりにあり）

人中に我をみつけて擧手の禮したまひしことを忘るるあたはず

孝陵野宴端近き花の木の下にわれをのみ待ちてゐし瞳あり

春されば隅田を言はず孝陵の花にあくがるる我となりしか

日本と支那はひとつなり孝陵の櫻につどひまた盟ふべし

我が友の林柏生は南京のことしの櫻見ずかもあはれ　（林柏生氏は安徽省長に轉ず）

「文藝日本」七巻三号、一九四五年三月、文藝日本社

旅愁

華北華中をめぐり十一月滿洲に入る

支那を離《か》れて見れば寂しき滿洲の野べの川水の澄みて流るる　（車中にて）

山海關にもとめし苹果《りんご》小春日の陽にのぼせたるそばかすの姑娘《むすめ》

奉天に近き夕陽《ゆふひ》や枯れ蘆のひとむらの黄に碧《みどり》凝る水

スンガリの土手を下れば上り來るロシヤ婦人の唇《くち》やはらかき（ハルピン松花江岸にて）

スンガリの土手のぼり來しロシヤ婦人我が眼《まみ》は見ねやさしき眼つきす

スンガリのひと葉ふた葉が殘る木の雀どうするつもりにあらむ

スンガリの渡舟《わたし》さむきにうしろより誰かうたひづるステンカ・ラアジン（太陽島に渡る）

スンガリの渡舟《わたし》にロシヤの歌うたふ聲に見かへれば外套もなしに

太陽島教會の塔はすみれなればよこさまに引く白きうすぐも

太陽島夢の噺の教會に枯木ふさはず明日は芽ぶけよ

キタイスカヤ硝子越しに薄雪の外面《とのも》見てゐし青き瞳よ

北山ゆひむがしを見れば砲臺山谷《やつ》ひとつくだる雜木のもみぢ（吉林北山にて）

吉林にせまる山脈《やまなみ》引く裾の夕《ゆふべ》は紅しもみづるらむか　（松花江岸にて）

「藝文」二巻三号、一九四五年三月、満州文藝春秋社

蘇州をちこち

太田宇之助氏に呈す。

きぞの秋土屋文明、加藤楸邨及びおのれに快き宿りを借したまひし記念に。

滄浪亭門前のあした家も橋も画にあればわれも入るかその画に　（滄浪亭にて）

滄浪亭おばしまに立てば扁柏に朝の霧霽れて濡れし蜘蛛の巣

太上老君むしろたふとぶわれなれど姑蘇夫子廟は蝙蝠の啼く　（孔子廟にて）

獅子林のこの坪白し咲きさかる百日紅ひと木植ゑし閑かさ　（獅子林にて）

この坪の百日紅を見あぐれば画られし空に舞ふ鳶のあり

五芳斎玫瑰饅頭を我が言ふとものの通すこゑの歌ふがごとし　（玄妙観五芳斎にて）

蘇州の瞿園に入れば菱池に舟を浮べて菱採る処女　（瞿園にて）

夕されば姑蘇八衢よかへり來しすずめはしやぐ君が館あはれ　（公園街十五番地）

「大陸」二巻五号、一九四五年五月、財団法人大陸新報社（上海）

北京

玉峰塔の日かげの側に入りしとき眼の前の花に白晝日《まひるび》あたる　（玉泉山にて）

雲にのぼるきざはしの中處《なかど》雨あとをいでて匍ひ居り蝸牛のこども　（万壽山佛香閣にて）

北海の石橋の上にならべたる夾竹桃あかし柘榴はすぎつつ

「月刊毎日」二巻八号、一九四五年八月、毎日新聞北京支局内月刊毎日社（北京）

戦後発表の歌

「復員して」

外地の兵士は自由な通信さへできなかった

ふる里を戀しと言ふを禁じたる人でなしなれば國をやぶりき

七とせを應召しつつ兵士にてかへれるわれは馬鹿か利巧か

進駐兵C・G氏に

ありかに歸ると告げに來し兵の愛しげにせり人間《ひと》とひと故

日本の友とわかるるはさびしくあれ *THERE'S NO PLACE LIKE HOME* と言ひしか

「短歌研究」三巻二号、一九四六年三月、日本短歌社

晩秋

夕暮、西湖、葉もなきはちすの莖立ちは八大山人のかはせみしづか　（杭州西湖）

退省庵ゆ夕べ漕ぎかへるくれなゐの湖心亭低くすぎゆかしめず

周の白蛇《はくだ》宋に美人と轉生す斷橋の闇を漕ぎ抜けにける

「短歌研究」五巻一〇号、一九四八年一〇月、日本短歌社

秋

――中國風景集より――

南昌飯店屋頂《はんてんおくぢやう》にづれば贛江《かんこう》は光りて北す月の下びに　（南昌にて）

ひとたばの白蘭花《パイランホア》や灯《ひ》を消してねむらむとすれどその匂ひはも

「都麻手」四号、一九四六年一〇・一一月、都麻手短歌会

河南少女

中國に在りし日も、眞を求めて惱み、美に依て惱みを忘れんとしき

黄河の跡夕日に向けばはてしなく影むらさきの砂丘《すなおか》の波　（黄河の跡にて）

開封は黄河の跡にいにしへの京《みやこ》は砂の下に在《あ》りとふ　（開封にて）

見かへれば眼大きく立ちつくすをとめもありき開封の雲

河南の野汽車に向ひて叫びたる小孩《こども》のさけび斷ち切られたる　（隴海線車中にて）

「オレンヂ」一号、一九四六年一一月、香燈社

茉莉花抄

――中國風景集の內――

玄妙觀堂內に賣るはだか畫に呼吸《いき》づきし春のねたましくあり　（玄妙觀にて）

玄妙觀五芳齋のむすめあきうどと何かあきなふその手ぶりはも

茉莉花《まつりくわ》は姑蘇《こそ》のをとめかかざりなくしほらしくして匂ひすがしき

「オレンヂ」二号、一九四七年一月、香燈社

蓮の湖

――中國風景集の中――

菱洲《ひしじま》の白き楊柳《やなぎ》に近づくと舟底にひしぐ蘆の葉の音

漕ぎゆけば低きはちす葉は舟底に舟ばたをたたく高きその葉の

はちす葉のひまの舟《ふな》みちうすべにに夕映えすれば青きさざ波

夕づく日金《きん》をながせる湖《うみ》の面《おも》にひとむらの蓮《はちす》影をあつむる

「オレンヂ」三号、一九四七年三月、香燈社

青春（一）

劇場《こや》全部くらい容量《ヴオリユウム》になつたのは青白光線《ペエル・ライト》にななめに刺される
光線が斜めに來ると見あげたときはや舞臺にはスポットの圓《ゑん》
スポットが舞臺《いた》につくつた圓《ゑん》のなか花びらひらく白バラの光り
花びらひらくバラと思ひしはしろい蝶にて翅《はね》をふるはすよ光にうまれ
立てた方のひざに胸つけて蝶の人やさしや翅《はね》をうしろに合はす
光の圓にひれふした人かほをあげやはらかくはやしはや爪先《トオ》に立つ
トオの上にからだのび切つた蝶白いその翅《はね》ひらくスポットの中

ゆるやかに翅《はね》を打つから蝶のをとめよこあるきしだすつま立つたまま
トオに立つてつ、つ、つ、つと横にうごきだす眞白タイツの膝すこしはなれ
ただ一人青白光線《ペエル・ライト》につま立ちしてつきつめたかほにひきつけられる

「オレンヂ」五号、一九四八年一月、香燈社

東山雨はれにたれハエの魚《うお》くものかがやきもゆふべひととき
殘りたる上海を見しか今京に上海を見れば人は人なり

「オレンヂ」六号、一九四八年八月、オレンヂ社

はつ秋

中國風景集の中

金陵《きんりやう》の空に秋の雲たむろすと日かげる甍日のあたる丘　（金陵雨花台にて）

雨花臺のひるのしづけさあまつさえ郭公のこゑはふもとの森か

揚子江みどり野のをちに光れるを見てゐるわれは幻ならず

中央路明るきを來ればすずかけのはじめてのおち葉まなかひに散る　（玄武湖にて）

玄武門いづれば秋の水まさをなり白き水鳥の羽ばたきにける

環洲《くわんしう》の小みちに熊手肩にせるくうにやんの胸のたかなりするど

夕されば乾《ほ》しならべたるはちす葉をたばぬる音《おと》のかわきけるかも

明《みん》の故宮《こきゅう》ふたたびここに立つものか唐黍《たうきび》のでき去年《きぞ》よりもよき　（明ノ故宮にて）

明《みん》ノ孝陵《こうりやう》みのる梧桐のふところにさるすべり咲く抱《いだ》かれにつつ　（明ノ孝陵にて）

石獸《せきじう》の向ひ合ふ路をよろしみか草かつぐ姨《をば》もこゑあげて來つ

石馬《いしうま》にわが寄りしかば生けるものつばくろは翔《か》けつ聲のするどく

孝陵は植物の魂《たま》荒《あら》びたり先づ朱《しゅ》の壁に蔦あぶら切る

陵墓大路《りやうぼたいろ》松の林にひともとのさるすべり咲きつ盛りこぼるべく　（總理陵園にて）

總理陵墓《そうりりやうぼ》くだりて來れば方山《はうざん》はせりあがるものか牌楼《パイロウ》の上に

「短歌季刊」創刊号、一九四七年二月、アルス

ゴビの夕暮

十九年夏加藤楸邨とゴビを行く。土屋文明は綏遠に待期す

ラマ寺をいでておどろく貝殻の内側紅き天球《てんきう》に入り

天球は眞紅《しんく》にミドリ浮きあがる野をゆくものは妖精《えうせい》の馬

雲はただれ常識の西に正氣にかへるゴビ天球は薔薇にもゆれば

草の色草から離るるゴビのはてハマジリギン・オボ白し白日《ひる》見えぬそこに

望樓の壁白堊《かべはくあ》なり鶏卵の黄味を投げつけしゴビの夕日か

ゴビのはたて謄寫版《とうしやばん》の青きロオラアあり薔薇色の空にころがりのばる

紅天《こうてん》にころがりのぼれる謄寫版のロオラア黃道《くわうだう》十二宮以下を藍青《らんじやう》となす
十二三の娘羊を野に守ればラマが來て犯すゴビの夕暮

「短歌季刊」四号、一九四八年六月、アルス

中秋名月

月かげもささぬ柳の下かげ道もしや會はぬかとい行きもとほる
菜館に招きし妓《をんな》明星に嫦娥奔月をうたひ來しとぞ

「短歌季刊」五号、一九四八年九月、アルス

清漪園の夏

萬壽山西湖《せいこ》のはちす大いなりしろがねの玉をのすること二つ

萬壽山花びら落ちしはちすの蕋黄のあざやけくいささかの臺《うてな》

排雲の欄干に見れば北京城槐《えんじゅ》の海にをちこちの門

せいき園照らふ黄瓦《くわうが》の入り交《か》ひは扁柏《へんぱく》の枝に抑揚せらる

巨大にて空疎なるかなと石舫《いしぶね》にふるればあつし夏の日に灼けて

せいき園扁柏をぬふ朱《あけ》の廊《らう》は遠見こそよし湖《うみ》から見るに

昆明池《こんめいち》漕ぎもてゆけばせいき園滿山の柏樹《はくじゅ》蟬しぐれせり

「東海歌人」二巻六号、一九四七年八月、東海歌人連盟

鷹

百霊廟はステップの北冬はこのシエパアドを抱《だ》きていねむと言ひしか

「短歌往来」一巻六号、一九四七年九月、鼎書房

大荒集　ゴビの歌

朔《さく》なるやハットンゴルの涸川《かれがは》に自動車を押す沙《すな》厚ければ
スウチンスム斷崖《だんがい》に立てば足もとより展開するゴビの半孤は無限
スウチンの癈廟《はいびやう》の前を疾走す牛をさへむと跳《は》ねるラマ僧
デレス地帶自動車を押すと踏みしだく蒙古ヨモギの薄荷の香り
しかすがにシラムレンゴルの川岸は包《パオ》七つ見えて雲一つなき
塩《えん》湖《こ》岸《がん》の包《パオ》から馬をあふり來し乘り手は老婆《らうば》ソフトをかぶる
バランソオゲン半ばのぼれる斜面の上大鷲の肩ふりむきもせず

「風物」二号、一九四七年一〇月、風物社（村上新太郎発行）

長江に泊す

月寒き揚子の上は呼びいでしおもかげさへや凍りゆくらし

寒月の甲板《こうはん》に立てば豹紋の大猫をどるわれをめぐりて

われをめぐり猫の精をどるわれすでに魔人と化すか月の下びに

揚子の沖にさびしとおもへども波をわたりて朝の日とどく

「くれなゐ」三二号一九四七年一〇月、くれなゐ発行所（埜中清一編集発行）

南京城内

五堂山界隈

白い道を花かざしゆく姑娘はむらさきくつした緑の裾蹴る

ひともとの柳芽ぶきてあをき影まるく落せり草つむをとめ

「くれなゐ」三七号、一九四八年六月、くれなゐ発行所

飛行吟

長江のおもては赤き皺見えて青くし移る我が機の影は

揚子をさかのぼり飛べば巨大なる洲《しま》は麦植ゑて人もたがやす

子供にて箱庭をしき安徽省合肥《がふひ》の空ゆ眼のしたに見つ

この機體鋲をうしなはば我が下に何ものもなけむ安徽の水まで

水にうかぶ土のふたすぢ川と呼び舟泛くるらし空より見れば

水に泛くはつかなる土にひしめける家屋あはれなり空より見れば

ちぎれとぶしら雲をぬひてかけ行くや雲の切れまに地圖なす大地

しろがねの雲の絶壁のかがやきてのしかかり來つあなや突き入る
積雲をはやいでしから明るくてむしろたよりなくとびつづけあり
安徽をとびあがるときま白くぞあひるむれ走る農家の庭を

「くれなゐ」三八号、一九四八年六月、くれなゐ発行所

綏遠の月

綏遠に夕立すぎて土塀のうち大ひまはりのうなだれにける
綏遠の高き鼓樓をつばくらが渦巻きめぐる夕べとなれり

綏遠のキヤフエ〝アムウル〟をいでしかばま緑の空に大いなる月

我がつれの加藤楸邨東京の妻を戀ほしむ厚和《フフホト》の月に

「くれなゐ」三九号、一九四八年八月、くれなゐ発行所

別離南京

揚子は今さら廣し悲しくてはやく着けとも着かずあれとも

上海に熱をわづらひ上海にこころありとも知りにしものを

「くれなゐ」四〇号、一九四八年一〇月、くれなゐ発行所

秋の抒情　――北京――

秋の月東單牌樓《トンパンパイロウ》の木のもとにあげものを食ふをわれは見てゐる
白乾兒《パイカル》の銀《ぎん》の盃《はい》おきて何か知ら空を仰げば星は吹かるる
洋人の愛撫を見しと秋の夜に語りて去らぬをみなあはれ
西單《シタタン》のおち葉片寄る日のくれを酒あたたむる今はわかれむ

「くれなゐ」（巻号不明）

関東平野

關東の晴れもてゆけばひむがしにまぼろしめきつ鹿島灘の雲

「武蔵文化」二巻一号、一九四八年一月、飯能文化協会（「飯能文化」改題）

春の暴風雨

二十二年春、鳥羽に石原圓吉圓彌父子を訪ふ

神風の伊勢のみどりの日に透けばくれなゐにうれし君はちかづく

「武蔵文化」二巻五号、一九四八年五月、飯能文化協会

LOTUS　LAKE

環洲の柳の並木來るむすめいま日なたから日かげにぞ入る
夕されば竿を立てたる舟に立ち小むすめの舟子は唐きびを食む

「武蔵文化」二巻七号、一九四八年七月、飯能文化協会

戀愛夢幻

アララギとアララギのつれ夢を殺し戀のうたほろぶ戀は夢なり

「日本短歌」一七巻一号、一九四八年一月、日本短歌社

筏井嘉一への私信

陰山の北に何ゆゑ死なざりし惜しき逸材と呼ばれけむもの
天外の夢を招くと盃を執るエドガア・ポオと秋の夕ぐれ

「日本短歌」一八巻二号、一九四九年、日本短歌社

冬

安慶の塔見えしかば甲板《かふはん》に名を明したりわれとその人

長江に三日月さむし若き日に手を伸ぶれども三日月さむし
月寒き揚子の上は呼びいでしおもかげすらも凍りゆきつつ
長江の沖にはてつつくら夜に近き犬聞けば岸べに家あり
揚子江かかる洲《しま》にも人ありと芦のかなたの屋根見つつ行く
九江《クユウキアン》にいささか惚れしさかし女《め》は朝鮮の子と漢口《ハンカオ》に聞く
夕つ日は湘江《しやうこう》の水をわたり來てわが足もとのみぎはにくだり
君山の夕日におもへわれを追い死ぬべきものは王姓の子か
今のぼる岳陽樓のうすれ日やかなしみすらも涸れはてにける

「新日光」二巻四号通巻六、一九四八年一二月、歌壇新報社

孔子と私

土屋文明、加藤楸邨と蘇州先子廟にあそべるとき

大いなる疑問符に似つつあたたかき牛のくそあり大成殿に

姑蘇《こそ》夫子廟万の蝙蝠《へんぷく》の舌打ちは怪力乱神を思はしむべく

關雎《くわんすゐ》は淫せずわれはひた恐れあとしざりしてハタとおちいる

悲しむもやぶらずと師はのたまへどおのずからやぶれ血まぶれなるを

おもほへば我が來しかたは悠然と絶望せしか貌《かほ》に笑ひて

まつたけき孔子《くし》のをしへは表にて裏はまたうらと押通しけむ

儒のをしへ聲明用と見やぶりて民はまうでつ財神廟に

ゆくものはかくのごとき孔子廟扁柏《へんぱく》のうれを去りゆく朝ぎり

「歌と随筆」四巻三号、一九四九年四月、蒼明社（花巻・関登久也主宰）

朔

萬里の長城に登る

中空に行き交ふ城壁《しろ》の廊《らう》ひとつ抜け出して走れ谷に焦がると

南口の汽車みちに汽車を仰ぎゐる小姑娘《こむすめ》の脛《はぎ》の柔らかきかな

長城の歩廊を行けば空にして秋の八千草は咲きみだれつつ

秦《はた》と呼ぶをとめを意識連合す長城の歩廊花咲きみちて

大同郊外

白麺《ぱいめん》を脊にのせた驢馬雲崗に近き野を來る追ふ人はいづこ

驢馬の上あかい傘さした姑娘《くうにゃん》を仰げば見おろす大同郊外

落ちるほど乗りあふれたる驢馬車には姑娘《むすめ》もひとりはにかみ俯向《うつむ》く

道ばたの崖がつと裂け水すこしのぞけば谷間に馬が尾を振る

黍畑はむかふ下《さが》りの傾斜《なだれ》なり白き牌樓を逆光に見る

雲崗石佛に戀ひする歌

雲崗のろてん佛ゐます壁の空ひかれる黍もおもひいづべし

小雀は如何なる弟子か如來像空さす指に首かしげつつ

吻《くち》あける子つばめのむれ頭《づ》にのせて笑ませる石佛鼻かけたまへる

石佛寺そがひにすれば向丘にひかれる雲は悟空かきたる

大同にて

おととひの汽車に乘りゐしをとめ子と大同の街にしまらく語る

包頭に黃河を見る

大陸になれしわれかながく廣く濁れる河を疑ひもせず

黃河のおもてつぎつぎにながれ來る草は上流の土岸のまなくし嚙まるる

黃河の岸べに立てば彼の岸にかすむは蘆かオルドスなれば

黄河の川かみを見れば陰山のはたては青し五原の空に
黄河河畔ふと見かへれば雲のゐて影むらさきの包頭の山

「短歌雑誌」二巻一号、一九四八年一月、短歌雑誌社

展望

焼跡の小屋掛芝居勢子《せこ》のつれ富樫となれば声張らぬあはれ

「短歌雑誌」四巻二号、一九五〇年二月、短歌雑誌社

近代妖艶調

川なかの石にあたりて絶えまなくやはらかく白し無視するなかれ
無慾なるわれを踏みつけしもろもろは不思議に末を全うし得ず

第二次「短歌作品」創刊号、一九五〇年一月、短歌作品社（編集発行石川信雄）

冬

川かみに朝日新聞の窓燃ゆるころ山下橋を銀座にわたる

「短歌作品」二号、一九五〇年三月、短歌作品社

お菓子屋のショウ・ケエス見おろして光る眼に会ふ内側から手を入れて見あげる女

何となく離れて崇高に夕映ゆるを見つめゐる我は紺屋橋の上に

大手町薄暮するビルディングの谷間見とほすに暗紅色の雲ひとすぢ引く重たい緑の上

赤みがかつた夕空に恋慕してその下を行く何たる深い緑か街路樹などは

星空をひきめくり來て地に敷けば野薔薇いつぱいなりオゴセ郊外

オッペ川むかふ岸に懸る野薔薇ひとむらハンカチイフとなる暮れなづみつつ

「短歌作品」四号、一九五〇年一〇月、短歌作品社

作品

兆豊園花なき花をもとめ來て甲斐なきものかクロオヴアの花

「日本歌人」（オレンヂ改題）一巻一号、一九五〇年一月、第二次日本歌人社

作品

八大の畵册はすごしケリさへやひたすら尖れ空《くう》をにらみて

八大の涙の痕を見しごとしかはせみの畵は白を余せば

はちす葉の墨痛も滲《にじ》む落ちぶれしにせ氣違ひの垂りけむ涙
佯《いつわ》りの啞か描《か》ける木瓜《ぼけ》ひき締まりムツツリと光れ空《くう》に懸りて

「日本歌人」一巻二号、一九五〇年二月、日本歌人社

作品

東京港の水面なぜ白き前によよこに積乱雲乱立して光を発するから
船のてすりに両肘つく女学生ガムのごとく旅愁早くもかみだす
湾の奥にグレイの洋服地だらりと垂れ東京は驟雨といひて船もて遠ざかる

長江をくだれりとおもふ山ひくき上総の見えて黄なるひき潮

四十歳の生に倦ける我を海に拉致し焼酎をつきいだすシュルレアリストの画家なり

「日本歌人」三巻二号（通巻一〇七）、一九五二年二月、日本歌人社

取急ぎ佐美雄の大人に參らす

春來ればいや暗みつる青春はひとを愛し得ぬナルシスの花

「日本歌人」三巻四号（通巻一〇九）、一九五二年四月、日本歌人社

夏の旅

釧北の峠に我はあつと思ふ、ボンネシリヌプリ、阿寒湖、白雲

「日本歌人」三巻五号（通巻一一〇）、一九五二年六月、日本歌人社

作品

すでにして北京は太行の彼方なりしみじみと思へ山の彼方と

長城を越ゆれば粟もたけ低し落ちぶれし如く寂しく感ず

洋河にしばし沿ひくればやなぎ森はじめての羊白く群れしむ

途方もなく硬くするどき高き山充ちみちて重し察哈爾の天に
何かしら西向く感じする太行の白く光る雲を額に捲ける
大同に行く子日ざしに居眠れば汽車の蠅とまれその太ももに

「日本歌人」三巻八号（通巻一一三）一九五二年九月、日本歌人社

作品

空の青搾られ垂りてこのわたり紫と咲くか綏遠に入る
綏遠は河岸段丘のケシの花さが悪しきものの輝やかしさよ

木のもとに観によりそひて汽車を見るロバの子の兩眼ふち白くある
土崖に穴居する人の祠りけむ獨立小丘のてつぺんの廟
晋北は穴居の前のひた土に麥打つものか向き合ひにつつ

「日本歌人」三巻九号（通巻一一四）、一九五二年一〇月、日本歌人社

作品

名にし負ふ汾河は紅く土のみぞ淺く流るゝすべなきものを
娘子關歩廊に買へる苹果の實啖ふべくもあらず夕映に似て

「日本歌人」四巻一号（通巻一一六）、一九五三年一月、日本歌人社

作品

立ちいづる我が足許に膝まづき何を待ちゐしか後より思へば

「日本歌人」四巻三号（通巻一一八）、一九五三年三月、日本歌人社

作品

シナにして日本を戀ひし我なれや孝陵のさくら隅田の花に

次々に火薬誘爆かせし如く櫻なみ咲くと眺むるものか

櫻花あまりはかなきに我は絶望し欝金櫻こそ優れとも言ひぬ

藏原伸二郎兄に

我が Sex 既に昇華すと言ひしかば花の山を行きて終日猥談す

「日本歌人」四巻四号（通巻一一九）、一九五三年四月、日本歌人社

作品

つひにかも徐州に來しか南京の友の聲を聞け電話をかけて

包頭にゆたに見し黄河荒れくるふ淮河となるを埠埠に渡る

眞日の下藁屋むらがるバンブウをコンポニンの町を見つつ過ぎゆく

「日本歌人」四巻八号（通巻一二三）、一九五三年九月、日本歌人社

作品

下總の平地上總の山に登り依然として並ぶ雲のえんとつ

汽船から見るに夏は何と雲の多いことか、東の空、千葉の空、神奈川の空

海にも驟雨來て水面を白く平めるに眞圓の視界に渡船の感あり

白犬と姫と暮らしせる山さへも三角の青と見つつ海行け

灰色となれる半圓に島が泛きそこにのみ雨注ぐ利休鼠の雨

東京灣の水と外洋とカッキリと一線を劃せり黄より碧へ出づ

寂しい青の海の皮膚破り飛び出でて翔り行けりしが又陥りぬ

夕海とすれずれに飛ぶ魚さへも輕く向き變へる三角波に

ダリ描く麵麭の雲沖に膨るるを見て走る汽船はもう暮れてゐる

「日本歌人」五巻三号（一二六）、一九五四年八月、日本歌人社

作品

武藏野の小岫に見ればたひら野は涯しより涯しへと紅わたる

年毎に色彩濃化せし秋の葉群この年褪色せる主体の睡眠

段丘と段丘を結び水平に田を走る路長しひともと紅葉

「日本歌人」五巻六号（通巻一二九）、一九五四年一一月、日本歌人社

見原文月追悼歌

紅もゆるつつじも暗し舞ひで來し黒き揚羽も君かと思ひて

「日本歌人」五巻七号（通巻一三〇）、一九五四年一二月、日本歌人社

飛火野をさまよふ鹿の切られたる角のあと白く冬に入りつつ

「日本歌人」七巻一号（通巻一四一）、一九五六年一月、日本歌人社

東大寺鐘の撞木《しゆもく》にぶらさがり友つきて見すわれに撞かすと

春日《かすが》の社前の水に前川は銀杏のもみじ下駄でおとす

春日に神符《しんぷ》売る巫女《みこ》の顔しろくおのが髪の毛を何ゆゑに噛む

「日本歌人」八巻三号（通巻一五三）、一九五七年三月、日本歌人社

緑葉の揺らぎやさしきド真ん中に思想のごとく重き石立てり

石も木も水も悉く自然なり組合せつくり出せ人間のあたま

「日本歌人」一〇巻一号（通巻一五九）、一九五九年一月、日本歌人社

ひたぶるに無人の谷をわれ欲す失踪の我を求むるごとく

高原はオカボ金色の脈をうてり短歌はいまだ生命ありや

バスをおり電車をおりバスに乗つてゐるだあれもゐない谷が頭にあつて

定型にあらがひにつつ來しかども高まる谷の花ほととぎす

生くるさへ値ひせりやと疑へど北秋川は杉にほひける

「日本歌人」一〇巻二号（通巻一六〇）、一九五九年二月、日本歌人社

峡川《かひ》はかたむき我はひた登るみなもと求《と》めむうづき心に
この峡の果《はて》にあらめと恋ひゆきてその滝あらばかなしからまし
われ人を愛せしことなし己れすら愛せしことなし猿取《さるとり》いばら
家持たむねがひだになく過ぎ来しと思ひて忘る秋の峡間《はざま》に
目をひと目源求《と》めて来しときにひかれる滝はうちつけにあり
たづね入りうち仰ぐ滝の碧《みどり》なすたけ高ければ誇らむとする

たぎり落つる滝水厚く重くして揺れやまぬものは紫陽花《あじさゐ》ならむ

滝水のとどろくもとの紫陽花はひらきもあえず蕋《しべ》の散りしか

水を打つ滝のひびきの鋭くて熱しとぞ思へわきのぼる泡

とりが啼くあづまの山にとどろける弗沢滝《ほつさはだき》とひとつとならむ

草野心平を思ふ

心平は如何にしたらむシナそばの素《もと》を買ひ持ちふと立ちどまる

「日本歌人」一〇巻三号（通巻一六一）、一九五九年四月、日本歌人社

山の下に白いタイツのダンサーが一人立つた五人たつた桜だ！春だ！

ポップ・コーンが空に撒かれる季節です弾《はじ》けたコーンに光真白《まつしろ》

右手にはさくらがうねり左には雲積まれてる真ん中の空

あんな花がこんな木の中に蔵《しま》はれてゐたのかと思ふ変な映像《イメージ》

桜今年花に弾力なしと見ぬ自分が衰弱してるをわすれ

春の月中天にうごき重力の釣り合ふさまにもはら感服す

重力の均衡に乗れる球体を春の月と眺め抒情するひと

「日本歌人」一〇巻四号（通巻一六二）、一九五九年四月、日本歌人社

ライネツケ狐語りは知らねども「王子の狐」聴くをたのしむ

昔王子に狐ありけり頭《づ》の上に木《こ》の葉かづくを人に見られし

この秋は何で咬《か》みつく縞へびと見ればまむしに尻咬まれをる

何とも彼《か》とも卑しき眼して見上げたりあの眼だけでも猿は困る

あらゆる花のしんにわけ入り猜疑《うたがひ》の毒の針打つの蜂ゐる園

気がつくと誰《だあ》れもゐなくて沙つ原蝎《さそり》らしいものと坐つてた夢

常に何かを笠にさしてる蛙あの一メエトルの高下駄をはき

赤い子馬斃るるを待ちて空を舞ふのすりの話スタインベックを訳す

いくつかのセオリイを秘めその証拠《あかし》出で来るを待つエラリー・クイーン読む
シエリの一句原語もて読まず詩はどうだなどと言ふ廻レ右前へ進め！
立ちあがる心理のすきの脇腹を切られし毒は緩くまはりぬ
ヒトマロの声の波すら聴かずして短歌《うた》を革《あらた》むるまたあはれなり
何はとまれ芦の性質をどうかせよ風吹くままに右傾し左傾す
甘んじて信介にしてやられたる一郎はつひに甘きや否や
我が庭は都わすれの青の季《とき》アスターと呼べば色冴えにつつ

「日本歌人」一〇巻八号（一六六）、一九五九年八月、日本歌人社

大荒集

武川は大青山の北にあり、漢人最北の砦なり

陰山の北ステップに入る路を扼し武川の空は夏ぐももなく

大わだのたたえすらだにも及びがたき蒙古ステップは武川より見ゆ

「短歌星座」一巻四号、一九五二年八月、日本歌人東京支部

上海

南京路

大馬路を靜安寺路へいそぎ居り拒絕せられたる感じをもちて

南洋路

人絕えて我に過勞の意識ありぽつてりと白き泰山木の花

「短歌星座」二巻三号、一九五三年六月、日本歌人東京支部

雲の燃燒

頰も眼も朱金にメッキせらるとお互ひに見ながら行く八月の夕野

夕映消えてこの栗の木も眞黑になればどうしたらいゝかと思わざるを得ず

夕闇に野菊白く泛ぶ女なれば美しく見ゆる頃と言ふ立小便する人

佛眼寺の寫眞佛眼寺の壁にありこけしの中にこけしあるごとき

旗雲の燃焼まつたけれ芋畑の緑をなでるべつとり手につく

「短歌星座」二巻五号、一九五三年一〇月、日本歌人東京支部

紅葉信

妖艶調

子《ね》の山に濡れゆく紅葉《もみぢ》見おろせばせせらぎの音のわれ押しつつむ

『懸谷』(日本歌人十五人集)、一九五二年、日本歌人発行所

戈壁の祭典

大日《だいにち》の戈壁《ゴビ》にのぼると蛇《くちなは》の燃ゆる眼《まなこ》めくかぎりもなしに

戈壁《ゴビ》の野のまひるまに鴨を射《う》ちしゆゑ夢のなかにて悲しむごとし

木木多き日本《おくに》さもあらばあれ蒙古《モングウ》は碧《あを》にちかしとぞ活佛《ゲゲン》の告《の》らす

銀飾《しろがね》は髪にきらめけ頬さへも垢づく戈壁《ゴビ》に色を好まず

雙《もろ》の腕《うで》に天《てん》をささげて力士《すまふ》どち股《もも》揚げて跳《は》ね來活佛《ゲゲン》の前に

もろ腕にねじたふさむとせし力蹴られて倒るる物理の不思議

勝力士菓子《かちずまふボボ》をつかみて天《てん》に撒く天《あめ》なる神も食まむとおもひて

戈壁《ゴビ》の競馬今しかなたを發せりと言ふ一時間ののちに地平を見よと

ポツンと一點戈壁《ゴビ》の地平にうかびし馬つづいて左右に點打つごとく

少女騎手右手《みぎて》を空《くう》にふり廻せば加速度の馬は沙《すな》をはなるる

先頭黃巾《くわうきん》、つづいて青巾《せいきん》、紅綠巾《こうりよくきん》、揃って腕振り鞍下《あんか》に馬なし

勝てる騎手《のりて》の頰突きたれば父につき身體《からだ》くねらす女童《めわらべ》なれば

いつ見ても戈壁《ゴビ》の夕ぐれは悲しとぞ天《あめ》のくれなゐを額《ひたひ》に流す

戈壁《ゴビ》の日の燃えおつる瞬間《とき》沙遠く馬ゆく喇嘛《ラマ》も金《きん》となるとき
戈壁《ゴビ》にしてさびしきわれは藍衣《あゐぎぬ》のかをりを夢む沙野《すなの》のはてに

「短歌」一巻六号、一九五四年六月、角川書店

無限への方向

かげらふの直《す》ぐ立ち揺らぐ涸谷《かれだに》は眞《ま》一文字《いちもんじ》に過ぐる隼《はやぶさ》
陰山に返り見すればみどり野に歸綏《きすゐ》はくろし今日のふるさと

（無端更渡桑乾水　卻望幷州是故鄉）

陰山のむら山し見れば鐵木眞の大釜を埋《う》みし谷《やつ》かもいづこ
ことごとく花消えし山の冬を聞く堪へ得じとおもへ花を見しゆゑ
陰山の荒れたる巖《いは》に日に透《す》きてひともとの愛は黄なるひなげし
からうじて低き城門に走り込む武川關帝廟《ぶせんくわんていびやう》屋根反《そ》りかへる
陰山をくだり戈壁《ゴビ》に入る路を扼《やく》し武川の空は夏雲もなく
武川城北門《ほくもん》に立ちて見放《さ》くるや草海《ステツプ》と空の相逢ふところ
無邊際《むへんざい》の緑草《りよくさう》の海距離感は捨て來よと挑《いど》む眼《ま》なかひにして
遠き空に雪崩《なだ》れ入るごとき曠野《ひろの》なりその曠《ひろ》き野に入りゆくこころ

我が貨車のひびきに走《わし》る土栗鼠《オトゴノ》の萬《まん》の驚愕《きやうがく》は十里のあひだ

地の涯《はて》の一髪《いつぱつ》の青《あを》その青に到れりと思《も》ふにまた地のはてに

無限大の草海《ステップ》を走るいつ着くかあとどれ位などと思ふことなく

「短歌」二巻一号、一九五五年一月、角川書店

泉

こんこんと水あふれおり襤褸《ぼろ》を着て襤褸万代の美しき旦《あさ》

水底を澄みてゆらめく石の襞《ひだ》太古の燈《ともし》何故《なぜ》一つなる

とりまきて我を囲める極悪の秋をぞ徴《しる》すからくれないに

底すりて舟すすみゆく遂げん命そのまま藍の深みにまじる

一つのみ吾は不楽《さぶ》しむ秋万朶《まんだ》青淵に映《て》るくれないかづら

平安の須臾《しゅゆ》の象《すがた》かゆらゆらに祭司が灯す新年の燈を

朦朧とこの一年の過ぎゆきの象《かたち》と思えいずみあふるる

幾人もこの水を見て言いしこと唱えしことの深き泉や

あふれくる水の面《おもて》にやさしかも鼻つけて貌《かお》殆ど老いし

ローゼンバーグも死して動かずこの峡に人の面《おもて》を映《て》らすもみぢ葉

吾ひとりのそがいに松は青く立ちあふるる水は実《げ》に音のして

瀞

平安のすがたと言えど人は皆石ころを持ちて見る秋の水

豊年《とよとし》、稲穂のにおい侘しけれ放射能の雨植物に沁む

「かそかなる國」（自一九五五年一月、至一九五六年七月）

厳冬遡江吟

揚子江期春城壁のもとにして大渦を捲くわれのこころも

「ニューエイジ」六巻二号、一九五四年二月、毎日新聞社（武者小路実篤、村岡花子編）

太田水穂追悼歌

幽玄の大旆をかかげ退かざりし君につづかむ君なきゆゑに

「潮音」四一巻七号、一九五五年七月、新潮社

夏・北海道

夕張《ゆうばり》の雲を白しとおもひつつ石狩川《いしかりがわ》を渡るとどろき

楊柳《やなぎ》にも泥乾く思ひするものか幾春別《いくしゅんべつ》の川水あかく

妹背牛《もせうし》に降りゆくをんな我《われ》の手に臀《しり》を擦《す》りつけて行きしに驚く

天塩《てしほ》のや郡別山《ぐんべつやま》にゐる雲は蝶の形せりむらさきの影

落葉松《からまつ》に黄なる日ざしを見るときに空知《そらち》饅頭《まんじゅう》の袋をやぶる

「政界往来」二二巻七号、一九五六年七月、政界往来社

奈良・初冬

前川佐美雄を寧楽に訪ひし日の歌

ありようは旅費のためにて青丹《あおに》よし奈良のラジオに吹き込みにけり

「政界往来」二二巻一二号、一九五六年一二月、政界往来社

なぐるということ

ちかごろの心全然おちつかず川べに来れば白き川浪

傾ける川瀬を見るに白波は同一の場所にたち且消えつ

かつとなりなぐるといふことの戻り来よ解つてしまふのはコンぐらからす

この河原どこへ行つても憎らしいあの子が立つている鏡の室《へや》だ

一せいに白き葉裏をなびかせて毒持つ木さへ美《は》しき日の暮れ

「短歌研究」一八巻八号、一九六一年八月、日本短歌社

石は語る

むさし野の涸《か》れ谷は鳥のこゑもなし蝦夷《えぞ》びとの石器もとむるときに

やけくそに石のつるぎを揮ひしが鉄の刃に切り立てられぬ

鉄《くろがね》の兵器もつ男《を》に挑《いど》みたる女《め》もありつらむ石器のむれには
異族のをんな征服せし兵ら逆《さか》しまに支配されけむかじわりじわりと
その背大地に触るればきっと起《お》きあがるアトラスに似つをみなのともは
この谷の石斧《せきふ》にぶくしてそが上を流れゆきし水と時無量なり
われおもふ、この石の石と成りたる、石として在りたる　長き長き忍耐
狭山路《さやまぢ》の涸れ谷にして我は知る石はおのれから動かざること
朽ちかつ生《あ》れていのちつたへけむ樹木らと死にて死に通せし石とここに在り
まるで夏の星空を見るような小石があった、水も葉っぱもない涸れ谷を行った。

まるで雨の中の杜若《かきつばた》のような小石があった、あぁあの石と涸れ谷を引き返す。

白髪《はくはつ》の剣豪はみな山に入り貨幣経済を無《な》みして庵《いほり》す

今はそれが唯一《ゆいいつ》のモラール、辛苦たぐひなきも常に好容顔《こうようがん》を保つということ。

Armageddon《アーマゲドン》も意外に近くおもほへて涸れ川の岸に読む黙示録

Armageddon は世界最終の日における善と悪の決戦。

「短歌研究」一九巻八号、一九六二年八月、日本短歌社

ヴェロニカ

国の四方《よも》霜ぐもりせりをちこちに象牙のごとし山のまぼろし

白雲《しらくも》はつねひかれども裸木《はだかぎ》を支柱《ささえ》となしてもつとも光る
雪やまに死にゆく若者深層に死を希求すとなぜ解らぬか
枕もとの茶碗の水も凍りけり石ともなりて思はむとする
しばしば米も火もなくて過ぎし真冬ぞと春きたりなば笑ひて告げむ
あはれいまだ血の熱かりき片頬に雪つもらせて立哨《りつせう》せり
冬、しきりに浪漫主義《ロマンティシズム》の想はるれ、そよぐダフォディルス、夜啼鶯
バイロンに似たるをとめと手《た》づさはり海ゆけりバイロンに似し眉目《まみ》ゆゑに
今の世に岸田国士は清すぎし唇厚き今日子ぞ生きむ

（憶岸田国士）

胡麻《ごま》なくて「旅愁」書き得ずと言ふ人に胡麻もとどけぬ茶筒《ちやづつ》に入れて（憶横光利一）

幅ひろき金《きん》の朝日のさし入れば破れ雨戸もよろしまむとす

多子性の家系にありて生殖をわれ嫌悪せりすこし今さびし

今年こそわれ餓死せむと年頭におもへどさつぱり悲しくもなし

ヴェロニカの碧滲《あを》みいづる日もあらむ今日こそまつたく何もなき庭

「短歌研究」二〇巻三号、一九六三年三月、日本短歌社

作品

いで来れば春の川赤くにごりたり濁れるものぞ生命《いのち》を持てる

凝滞《ぎようたい》を押しながすもの濁流に非ずんばあらず行け！春の水

鶺鴒《せきれい》は何故《なぜ》そのやうにほっそりと可愛くあゆむ神も答へず

子供にてわれ在りしとき鶺鴒の尾羽《おば》のうごきをさげすみにけり

やや赤き狐色の土手延長すひしめく萠芽おし隠すもの

木も土もなべてふくらむなかんづく弾《はづ》むがの水の奔《はし》れるかなや

いちまいの炎飛ぶと見しは幻覚か芽ぶかむとする夕楢木立《ゆふならこだち》

微笑《わら》ひつつ草土手をくる小むすめ等乳《ち》がしらうすくあからむらむか

我が想ひふとしも絶えつ声たかく何をかうたふ春の川水

水、水、水は地球の血液、柔らかに土に木に人に入りて火となる

春の霊《れい》野に立ちこめぬ鮭《さけ》いろの靄こめたりと言ふべくあるらし

高くたかくしろがねの針揉みこめと聞きゐし雲雀頓《とみ》に落ち来も

梅の花しろく咲いてる野であるから向うの山の霞む必要

大川に到らむとして背の青き鯖《さば》をおもふは頭おかしき

金星に近づきにけむロケットのイメエジ白く春さりにけり

靄こめし金星の沼に棲む「人」はむし暑からむ宵の太白

火星の太陽湖畔の我が土地にものを植ゑむはわが甥のとも

憶菊池寛先生

犬ふぐり青きひとみをみひらけば菊池寛の日の近からむとす

「宇宙風」創刊号、一九六一年五月、宇宙風短歌会

花と青空

春来ればこらえがたくて花花の枝つきやぶりとををにぞ咲く

青空と大理石《なめいし》のごとき青春のおもひはつかに帰り来らじ

石川は死すとうわさあり脚ありや問ひ来しは元・ボルネオ軍報道部長

だしぬけの克巳のたよりみんなみのニュー・オルリンズ「欲望」の街
（加藤克巳氏米国にあり）

おだやかにありけむ君やおだやかにとはの棲居にえまひてあらむ（小笠原文夫氏を悼む）

「宇宙風」二二号、一九六二年三月、宇宙風短歌会

石斧の谷

むさし野の涸《か》れ谷ふかく来しかども石斧をひらふ人間のもの

この谷にちらばる石斧《せきふ》いとちさし古代のわらべ走れるが見ゆ

人間のつくるパターンは何ゆえに同じきと石の斧にも問ひつ

鉄器にやぶれ北へのがれし民族をあはくかなしむ　石斧の谷に

四月歌会

十日ほど蕗をくらひてありしゆゑ蕗になりたるごとくおもほゆ

思いきりせん定した薔薇の枝先に奔出するいのち可愛きいのち

「宇宙風」三号、一九六二年六月、宇宙風短歌会

白雲抄

日光街道

左右より枝さしのべて交ふれば日光杉並木白雲もなき

諸大名の隠忍のおもひ見るごとし日光の杉並木美にして陰鬱

いろは坂

いろは坂にふり返り見れば丹勢山《（たんぜやま）》青き断崖の我が谷囲へる

茶の木平から男体山を見る

男体《なんたい》のうしろにし湧く白雲は奔謄《あが》り渦巻き女《によ》峰をかくす

女峰山に白雲奔謄り押し行けり見ているわれも断崖《きりざし》のうへ

男体の白雲散れりおどろきて畏れて仰ぐ大き実体

男体の青く充ち満てる実体はしもつけの空にどしんと座る

茶ノ木平にふと歳月をみいま見つ斎藤さんの鬢の白雪

華厳の滝
藤村《ふじむら》の跳べる岩秀はいづこぞと問へど答へず滝つほの上

作新学院
炎日なほベースボールを鋭《と》く見つむ船田先生と外人教師

「宇宙風」四号、一九六二年八月、宇宙風短歌会

道

利根川をわたりて
芦むらにかすかに秋の色ありと利根の鉄橋を北にわたるも
つかまるものぶつかるものの何もなき利根大河《おうかわ》も渡り終えしか
ひむがしに渡りしからに利根大河西べの空に黄なる秋の日

野のをちに青山見えて来しことを父に会いたるごとしと感ず

父われをうとんじ母は憎しめり「にんじん」よりもひでえと思ひき

我が人格何に形成せられしや？キリスト？浪漫主義？立川文庫？

人類をつくらむと迫るをみならを少しうるさしと思うこのごろ

谷ふかく入りもてゆくにやすらぐをフロイトは何と言ひ解くならむ

宇都宮に先輩を訪る

しもつけの稔り田縫へる名なし川何ゆゑにここに二分《ふたわか》れする

かの樅に尾長のひなの巣立てりとほうき持つひとのをきなさびしか

怜悧なるコリーもいまだむく毛にて跳びついてくる眼に笑ひあり

北をこゝろざして

秋を来て青き水見るはいさぎよし何といふ川と思《も》ひつつわたる

黒磯の踏切りに見し白槿《しろはちす》この生《よ》のうちにまたも見ざらむ

かの野べに田を打ちし人の思ほえて那須三山を見てすぎにつつ

高山の頂きは隠るべくありと白雲かむる那須をよろしむ

とある谷のとある畦《あぜ》に立つ黒牛のかの一生も不可避なるべく

白河をすぎ「みちのく」に入る

みちのくの往還に日はただ白し荒涼を求《と》めてゆきたまひけむ（憶芭蕉）

ひがしも西も山なる国に入り何かやすらけく弁当を食ふ（郡山）

山脈《やまなみ》と山なみの間《ま》にくろがねの路つらぬきし意志《こころ》あるめり

しかばねを曝さむ野べはいづこぞと行けどもゆけども緑と稔り

安達太郎《あだたら》を丘と思《も》ひしか欝《うつ》として空の奥がに碧《あを》をけぶらす

（二本松）

安達太郎の鋭《と》き稜線に貌《かほ》を見る、智恵子、光太郎、草野心平

阿武隈《あぶくま》の山なみにちょっと切れ目ありひむがしの海に行きたかりけり

西ぞらに青き群峰を躍らしめ盆地の北に人はあきなふ

（福島と吾妻山）

寄り立ちて肩張るあり、腕をあぐるあり、いま過ぎ去りし吾妻群像

這ひのぼり馳《は》せくだる尾根のからみ合ふ吾妻嶺《ね》見れば始皇《しくわう》ぞおもほゆ

この日我がこころ充《み》ちつも大き山そぎへにしつつ走れるゆゑか

対《むか》ふべき強き山なき武蔵野をここにして思《も》へば突んのめるなり

突きつめて思《も》はむとぞ来し秋山のうらうらうらと超えにけむかも

板谷峠より米沢に入る

みちのくの板谷峠の谷川は赤にごれども波しろくあり

八月歌会

出水川あまり早きに眼つむれどはてしなく早く間なくしながる

永遠の長さを持てる大蛇にて走りゆくはしりゆく名栗の出水

「宇宙風」五号、一九六二年一一月、宇宙風短歌会

過去と現在

ヴェロニカの花待つと吾《あ》は歌ひしか今日つひに見つ、おお、ヴェロニカの碧《あお》

ヴェロニカの青きちさき花冠この庭の光をすべておのれに集む

ヴェロニカの花冠を採《と》れば最大の花弁《くわべん》に碧のもっとも濃ゆき

春あさくこころ色彩を渇望すナンキン大学の、嗚呼、かの巨大の木瓜《ぼけ》よ

たけ低き林柏生《りんばいしょ》のさびのある野太き声もいまは天なる

汪兆銘《うぉんちんうぇい》の軸にも蠅のくそ見えつ仕立て直さむとおもふこのごろ

「現在のみ、過去は現在にふくまる」と米国哲学者われの肩打つ

さきがけて萌えいづるいのちよろしみと蕗のとうを採る酒のさかなに

この春のはじめての青い韮を食べ子馬のようにぴょんぴょん駆け出す

九月歌会

山越えて谷の町に入るいまだ我旅にいづれば恋する如し

十一月歌会

道のべの臭木紅葉のあかるさよ秩父連山の碧の流れに

「宇宙風」七号、一九六三年三月、宇宙風短歌会

花と人間

I

ロストフのシナ論に耽りゐしときにさくら咲きたりと歓呼のごとく

トムさんと川土手に出て段丘の花を遠望すこんなことはじめて

うす暗く匂いある空ゆ花びらの散りきたる、ちりきたる、むかしか、今か

花見つつ昔のひとのおもへりし思ひは優し何たる民族

古《いにしへ》びとの重ね来しおもひ我が心《うち》にわれもかさねて桜見むとす

岬山《さきやま》にさくら花咲けば中世の Metaphore《メタフォーア》もかるく反すうすべき

Ⅱ

この湖《うみ》にことしまた来つ半島の花の位置見れば去年《こぞ》としおもほゆ

咲ききりて一片《ひら》だにもいまだ散らぬ桜の並木何かぞっとする

光ふふめる桜屋根とせるアーケード来る人の顔みな花を反射す

光もちて匂へる花のトンネルにひげ白き人と会へばうれしも

スウェーターの酔ひをんな花の中を来てわれに抱きつく、バスト九〇

狭山湖の中島にさくら白ければ奥多摩御岳かすまむとする

どうもこの木の中に歯車やベルトがあってあれらの花花を生産しているらしい

さくら、さくら、お前は何を夢見ている?わたしは生殖してゐるだけです

山も道路もさくらばかりなる村に来て蜜豆食うはやさしかりけり

花浴びて鮪のごとく横たわる彼案外に天を知れるか

篝卒の一斉に火をつけしごとく平地より丘へ桜の並木

窓外はさくら、れんぎょう、ぼけの花、車掌の頰はえくぼある果実

夕ぐれて桜むらさきに変るときだいだい色のまじること妖し

Ⅲ

一団のさくら夕日浴びしんとして咲き静もれり陶器にあらずや

咲き切った一団のさくら、光、影、ふと時が止る、われも凝固

風なきに散り来る花のいちまいがスーイと横にゆく、そんなことがある

土についた桜花びら松の葉で刺して遊んだ、あれがしたいなあ

ひともとの鬱金《うこん》ざくらを見むとして飯能に来つ散りてゐにけり

食堂の紙花のごとく衰へしさくらなれども川の照り返し

現在のジャパンはニッポンと思へない、そんな気持ちでゐるわたしです

敵謀略の分析と破壊を業とせし我に仕掛くるな時間の浪費

Paranoic《パラノイック》 Nymphomaniac《ニンフォーマニアック》 眼を据ゑて自己の妄想を他者に転嫁す

諜者と諜略者は即決処分せりかの明快も今はなつかし

Anglo-Saxon Plutocracy《アングロ サクソン プリユートクラシイ》ということば時によみがへる独逸の友の言葉

高麗川は水柔らかみ山羊一頭岸べに立てり山ざくら花

高麗は Shangrila《シヤングリラ》、周辺の山山は若葉、村は花花

来世《らいせい》ぞまことの生《よ》とふ credo《クレドー》 の髄に沁みけむか現実《うつつ》を知らず

「宇宙風」八号、一九六三年六月、宇宙風短歌会

自然（豊岡療養所・嘱目）

今朝、秋の異常に澄むか高山と低山の線の雲形定規

高山は日のあたりつつ低山のいまだ藍ふかし眠れるならむ

山の上に山あり、またあり、その上に揚げられしごとく円《まど》かの武甲

いち早く山ゆくだり来し標鳥の四十雀のゐるさくらのもみじ

黄に紅《あけ》に褐色に木の葉空《くう》に舞へり、思ひいづ、シエリイ「西風のうた」

憶繁野天来教授

我が中核シエリイ、キイツにあらざるや？二十歳の日、老教授天来ゆ享《う》く

詩を説くと顔面怒張せし老骨の教授をひとり我うやまひぬ

鳳仙花散りすぎんとす破裂する実の弾力を試みむとす

百舌鳥《もず》の叫び落ち来しにわれは笑ひたり彼奴《あいつ》はかならず木の梢《うれ》にゐる

窓の外《と》の山あじさゐの白花《しろばな》のあまり滋味なればまたしても見つ

「宇宙風」九号、一九六三年一一月、宇宙風短歌会

菊池寛十七回忌　その他（遺詠）

菊池寛いまだ生きたまふわれわれの内部《ないぶ》に生きて動かしたまふ

奥津城《おくつき》に金ぞひらめかすダフォディルス湖畔詩人の見し夢の花

自転車を習ひたまふにしたがひぬヴェロニカの碧《あを》を踏みしだきつつ

ひさびさに相逢ふかなと達三のわれに手を伸ぶ菊池墓前《ぼぜん》に

一年《ねん》にいちど墓前に相逢ひし火野葦平ももはや参来《まいき》ず

三月六日、墓前に今は見えぬ顔々、わけて久米の大人、吉川の大人

旧《ふる》き友、狩野近雄の詣《まを》づるを横にゐて見れば腹大いなる

菊池賞授賞式（於ヒルトン・ホテル）

きはまりてヴィジョンは現実化せらるべき病む高見順の眼《まみ》のあかるく

わらはべの柔《やわ》きこころにうち日さす三宅の大人《うし》のよろこびのこゑ

ひさかたの天津乙女や常若《とこわか》にめりはりきつく礼言《いやごと》のらす

かの甘きロマンティシズムぞなつかしき、みどりのはかま、すみれ咲くとき
木俣修あれより額《ぬか》のひかるやと見しかど言はずただに手握《た》る
ヒルトンの真珠淡紅《たんこう》の祝ぎうたげプロデューサーの心おもはむ

白の円球

逍遙《せうえう》のあがむらぎもを足らはしの白の円球の野面《づら》に置かる
瓦斯《がす》体の内部圧力を散らしつつ白く真円《しんえん》にたひら野にあり
瓦斯体をたもてる白の円球も夕かたまけて青を抒情す
純白にまたき球体の野にありて瓦斯の爆発をわれはおもはず
わが電車はしり白球のガス・タンク、並び、かさなり、また離れゆく

身辺雑詠

漢族のたをやめどちの手末《たなすえ》ゆ生《あ》れにし花か、あはれ、アネモネ

ホンコンにゆかむとおもひ行かざりきその飛行機は地に落ちにけり

FENかけつぱなしにす、同一のリズムに乗るや、ジャズもニュウズも

FEN・サンデイ・サアヴィスに恍惚《くわうこつ》す嬰児洗礼の家系にありて

ポチチェルリイの「ヴェニュス生誕」を壁にかけシェリイを誦《よ》めばもう春である

「宇宙風」一一号「石川信夫追悼号」、一九六五年三月、宇宙風短歌会

アドニスの化身
アネモネ
いのちある花しおもへ
そのむらさきに

池のほとり
時間なだれて
コスモスの白の群落
描ける処女

「宇宙風」一一二号、一九六五月四月、宇宙風短歌会

真夏の夜の歌

とどろきて光全天《ぜんてん》を蔽《おほ》ふとぞ見し間《ま》もあらで消えし花火や

うちひらき花火とどろけば身を寄せて浴衣《ゆかた》のしたの乳のぬくとみ

くろき天《てん》にけぶり流るる銀河あり今の地上には純愛もなき

竹藪をいで来しほたる指さして〝あれ人のたましひよ〟と姉は言ひけり

（少年期の思ひ出、二首）

床《とこ》の間の軸見たらひとつ眼小僧にて逃げだせばあとから追つてきた夢

「主治医」一九六二年八月号、（健康情報雑誌）、高嶋雄三郎発行

健康について

健康を謳はむとして春あさき野にいで来ればヴェロニカぞ咲く

（ヴェロニカは和名「いぬふぐり」）

もろもろの花にさきがくる碧色《あを》のこの小《ち》さき花の生命《いのち》のちから

健康そのもののごときアマゾンは胸を張り腕挙げ球を打ちこむ

健康の象徴のごときをとめらは走り、打ち、健康を意識せざらむ

健康をかへりみぬ我に植物のいのちの水を君は飲ましむ　（Y・T兄に）
非常に靭《つよ》き植物のいのちわれも攝《と》り一年にして死神去りぬ

「主治医」一九六三年三月号、高嶋雄三郎発行

江蘇・麦秋　京滬線を幾度か往きかへりして

崑山《こんざん》の熟《うれ》麦の畦《あぜ》をあゆみゆく赤犬汽車に振りむきもせず
曇り空崑山の野にひくく垂れ雪降るがごとし蝶の大群《たいぐん》
桑の葉のてらてら光る彼方《かなた》にはつぎはぎの帆高く徐《しづ》かにうごく

蘇州の野照りかげりせり柑橘《かんきつ》の園はかがやき虎邱《こきゆう》はくもる

「主治医」一九六四年六月、高嶋雄三郎発行

採菱歌

眞丸《まんまる》な門窓《もんそう》を入りて振りかへるまんまるの中に菱採るをとめ

我が伴《つ》れの土屋文明〝芡《けつ》〟の意をもとめて惑う姑蘇《こそ》の水際《みぎは》に

（〝芡〟は鬼蓮のようなものであった）

「主治医」一九六四年八月号、高嶋雄三郎発行

北海・原始

I　噴火湾の岸

飄としてオシャマンベ駅におり立てり茄子を売るごとく毛蟹をならぶ

友は毛蟹われは焼酎をぶらさげて走るがにいそぐ噴火湾の岸へ

イブリのオシャマンベ浜の白砂に毛蟹を裂きて焼酎を飲む

あはれまことに北海道に来しとよろこぶ毛蟹のとげを指に刺しつつ

北海の荒浜にじかにすわりけり原始のいのち身に流れ込む

日常性をぶち破りたきものを持てり「壮烈」の時代に生き来し我等

噴火湾にガスあがりつつ海のかぜ浜防風をあふりてやまず

噴火湾にガス捲きあがりオシャマンベ海岸線は白き辺津波

漕ぎづるはオキクルミ・アイヌラックルか？・オシャマンベの海「ひらめのゐるところ」

かもめ一羽渚べにさっとおりしかば降り立ちしときの鷗の姿

見られてることを知りつつ知らぬ顔の海猫、女のような海猫

だあれもゐない噴火湾の岸に海猫をゲイシャとなして我等酒飲む

ガスあがれる噴火湾の沖ゆびょうびょうと吾を呼ぶ声すせつなく苦し

新生命を創造せむと意志しつつ女は呼ぶ、噴火湾、碧《あを》のかなたゆ

いにしへの修業者の残酷のこころもて我は旅ゆく女を措《お》きて

無限ゆ来たり無限に去るごとき悲しみに我等つらぬかれ北海に坐す

高く遠きこのかなしみををみな等は知らじと思へイブリの海に

男子《をのこ》らを生物の位置に引き下ぐる強き意志持てり、女を怖る

振魔羅の男あらはれずんずんと海に入りゆくみそぎすらむか

いづくの山ゆ飛びきたり海に漂ひし？噴火湾の砂にまじる軽石

II　阿寒より摩周へ

雄阿寒をまなかひにして全裸人われ泳ぎいづ鱒のごとくに

原始林のただなかの水にひとり泳ぐ白雲《はくうん》くわうくわうたり葭切のこゑ

全身に原始のいのち沁み入るか泳ぎもかるし阿寒の湖に

双岳台に振りかへり見れば相並びすでに彼方《かなた》の山となりつも

霧を啖ひて生くるといふが面白しサルオガセふわふわ蝦夷松の梢《うれ》

原始林濃みどりの底に小さき湖追憶のごとく青くはるけし

ワタシ、オクサン、イイカと言へる姑娘《クーニャン》をしきりに思ひいづ阿寒広漠

アイヌ語に漢字をつけし古人《ふるびと》のこころよろしむ奥春別に

阿寒台地くだりくだりて奥春別見かへる道は落葉松《から》の中《うち》

テシカガの鶏卵大いにて手におもしただちに割りて路上に飲めり

われ若き日北海の子を愛《かな》しめり道産子《どさんこ》のをとめみな好く見えつ

皮膚まっしろ、手足のびのび、心好し、北海のをとめ、無計算のをとめ

樺などある火口環壁をのぼり来てのぞきこむ陥没火口湖のX《エックス》

環壁の上に腹ばひどん底の湖《うみ》を見るどんな湖とも言ふな

我言はむ摩周の美には迫るなかれ、肩凝り頭《づ》いたみつひに乱酔せり

アエオイナ・アイヌラックルのひた護る摩周の秘密解くまじくあり

我高くのぼれば彼もせりあがるそんな山の一つで雄阿寒はあった

阿寒群峰夕日のもとに遥かなり線とヴォリュームと色の合奏

屈斜路《くっしゃろ》の湖と指《さ》せどもけむらひて美幌《びほろ》峠の雲大いなる

白樺のわかきを見ればば心うづくどうせ傷つき破るるならむ

「短歌新聞」一一七号、一九六三年六月一〇日、短歌新聞社

戦地からの手紙

石川りよ（母）様　穣治（次弟）様（一九四〇年一月一二日）

先便（正月のたより）出してから、照子さんの御はがき二枚拝見しました。文藝春秋社から雑誌も二冊（オール、話）届いたりこの頃「天好《テンポウ》」（very good）です。

四郎中尉殿には早速手紙かきました。四郎君のヒゲがだん〳〵縮小するのはおかしかったですな。

照子先生の御はがきによると、母上はこちらの夢を見てねむられぬとか、どうかあまりご心配なくよくおやすみ下さる様願上げます。こちらでも一晩おきにゆっくりやすめ、手紙もかけます。手紙をかくのはたのしくて、やたらに書きます。あまり書くので、菊池先生は「石川君はさびしがってゐるのぢゃないか」と心配してゐられたとか、昨日社の連中からも便りがありました。克己君も自動車隊に廻り、こちらに来るとか、これで四月に武男くんが大連に来ると、さすがの八人兄弟も四人まで大陸男となり、東京は少しさびしくなりますね。しかしだん〳〵に帰ってゆく事になると思ひますから、あまりさびしがらずに元気にやって下さい。澄子さんによいお婿さんがみつかるやう、ジョージ君健康を恢復するやう、照君、義生もうんと勉強してくれる様いのって居ます。

昨日妙な光り物が飛んで来て、衛生所の前の空に来て消えましたが、何事も変わりはないのでせうね。
この頃は隊長殿の御配慮?でお菓子類も豊富になり、兵隊共もみな張り切ってゐます（子供みたいにお菓子のストックなんか作ってたのしんでゐます）
こちらで拵へた歌と俳句を全部かいてお眼にかけます（どうも歌より俳句の方が出来がよささうでヘンな気持がしてゐます）
夜を徹し立哨すればオリオンは東《ひんがし》にのぼり西空に落つ（立哨）
真夜中の歩哨は寒しオリオンも天頂にありて遠くきららか
暁《あけ》ちかくおオリオン星の西空に逆しまとなりて懸《かか》れるものを
哨楼の真夜《まよ》はさびしきうからからの寝顔ことごとく鮮《あざや》かに見ゆ
望楼に暗き野を見つつ原隊の酒保の大福を思へりあはれ
やうやくに交代を終えてかへる時松の薪木《たきぎ》はよく燃えにけり
トオチカに暁《あけ》ちかき火を守り居りはじめての手紙つきし頃かも（トオチカにて）
鉄帽の中ゆ取り出すビスケットトオチカの夜半に分けて食うべつ
剣先にその柄觸れているひしゃく星我家《わぎへ》の檜葉《ひば》の梢によく見し
夕暮れを山青めればしまらくはふるさとの山と間違ひ眺む（夕暮）
夕月の淡き川邉をいそぎけり石橋の彫りも見てわたりつつ（分哨に行く）

クリイクの曲り目廣き夕闇の向岸《むかぎし》に白く山羊のゐて啼く
野末には大日のぼりクリイクにたらひを漕ぎて来る男あり（その帰途）
朝早く分哨ゆ帰り来るときつき来る野犬《やけん》の頭に霜あり

＊＊＊

月の出やあの犬聲《けんせい》は野鳥村《やていそん》
犬聲のリレイする夜や狼火《のろし》して
落闇の降り積みて闇の低地かな
先づきしむ羽搏きや雉のまなかひに
赤土に雉降り立ちぬ青き胸
鵲《かささぎ》は胸白しやさしさに飢えてゐる
オリオンや月の出おそくなりにけり
夕映に鉄條網は岡を越え
二千六百年鉄條網の初日の出（一月旦）
天日は陣地に雉の来て遊ぶ

もっと傑作がたくさんあったやうな氣がするのですが、見つからなくなってしまった。

今兵舎のランプの灯の下で、この御手紙を書いてゐます。今夜はひまな夜なのです。同じ灯の下で当年二十歳の通訳君が日華辞典の表紙のうらについてゐる「愛国行進曲」を見ながら、低唱してゐます。薪伐りの話、塹壕掘の話などまだいろ〳〵ありますが、又書きます。

これから兵隊さんお菓子工場で作ったヨーカンを食べ、「オール読物」でも読んで眠ることにいたします。

唯今午后八時半、日本時間に合せてありますが、こちらは夜が明けるのが一時間をそく、従って日のくれが一時間をそいのです。だから午前が短く、七時半の起床の時はまだうす暗く、八時少しすぎてから日が上ります。みんな今頃は茶ダンスの前の火燵にまはりから足をつっこんでゐる事と想像してゐます。今夜はこちらもあたたかです。　では又。

Good Night　　一月十二日　　信夫

母上　様
穣治君　澄君　照君　義生君

中支派遣岩松部隊気付　池田部隊・野田隊・栗田隊　石川信雄
歩兵少尉鈴木俊彦検閲済

石川りよ様　皆々様（一九四〇年八月二三日）

(一) 冠省　今日はとてつもない、物凄いニュースをお知らせします。それは一作（日）八月二十一日付をもって軍報道部勤務を命ぜられ、昨日から南京に来てゐるといふ次第。今日はつつがなく第一日の勤務を終って、唯今宏壮な報道部の三階の一室に寛いでゐる所、七畳半位の室に若い人と二人暮し。そのうちに報道部長官舎ができ上ると、そこへ引越しといふことになるのださうです。そちらへ行っても、当番といふのではなく、ブレーン・トラストといふ意味で（世話をする人はおぢいさんとおばさんがゐるのです）。今度ぼくをここへ推薦してくれた東京日日出身の

(二) 石原さんといふ人とそちらへ行きます。石原圓弥氏は東日で狩野(近雄)と同じ部にゐた人、僕と殆ど一緒位に應召し、ことしの始めに報道部に入られたとか。狩野が紹介してくれ、七月に南京に来た時遭ったのですが、それが今度の事のきっかけになったのでした。

昨晩先任将校の宇多大尉といふ方から夕飯をご馳走になりながらのお話に、これから調査といふ方の主任といふやうな事で、といふお話で、中隊の一老兵にすぎなかった昨日までの事を考

えると、何から何まで夢のようです。
(三) 何しろ今度の命令は支那派遣軍総司令官西尾大将閣下のお名前で発令されたので、毛細管の光端のような分哨の穴倉の中から総軍司令部まで一足飛びに飛んできてしまったのですから—。それでこれから一等兵の姿では動きまわれないし、一等兵としてでなく報道宣伝のエクスパートとして呼んだといふ部長のお考へもあって、背広で暮らすことになるのですが、家から送ってもらふのはすぐには間に合わぬといふので、とりあえず夏服の合着がかったのを一着作って頂く事になりました。(早速昨夜あつらへました)
(四) 給与の方も今までの給料の外に、公用費として少しまとまったお金が頂けますので(公の付合ひでいろいろいる事があるといふ意味です)それにこれからはドンドン原稿を書けといはれてゐますので、その方からもぼつぼつ小遣位入ってくるだろうし、そちらから送って頂かなくてもすむ事と思ひます。報道部長は馬淵逸雄大佐殿で、まだお会ひしてゐませんが(上海出張中)大変良い方だとおききしてゐますし、あとの将校の方も新聞や学校関係の方が多いので大変工合がよろしいわけです。出張などもあるさうですから、さし当り公平君などとも
(五) あまり遅くない機會に会えるのではないかとも思ってゐます。去年応召した八月二十二日、恰度その同じ日にこちらへ轉ずることになったのも面白いと思ひます。栗田隊の人たちも内心同情してくれてゐたらしいので、今度の事は皆心から喜んでくれ、出発の時には何かと親切に用意してくれ、感謝に堪えませんでした。僕も戦地に来てからは本当に一生けん命やって来た

ので、それが通じたのではないかとも思ってゐます。又石原氏や狩野君の配慮は何と感謝していいか判らぬのですが、一面からは結局僕が文藝春秋社にゐたからこそかういふ運にめぐり合ふこともできたので、

(六)菊地先生や佐佐木氏斎藤氏そして社の一統に対して心からかんしゃしてゐます。まづ今夜はこれ位にして、又ゆっくり申し上げます。一年ばかり頭を殆ど使はずに来たので、どうかと思ひましたが、その割にぼけてもゐないやうで安心しました。これからはいよいよ全能力(全脳力)をあげて国際宣伝戦に従ふわけで、知遇に感じて今までとは又ちがった意味で大いに頑張りたいと思ってゐます。今日は自分のことばかり書いてしまひましたが、涼しくなって来るので、かぜひかぬやう寝冷えせぬやう皆々様御大事にいのり上げます。

(七)八月二十三日 信雄

母上様 穣治様 澄子様 照子様 義生様

一昨日まで土くさいトーチカの中で、代わる代わる一人づつ起きてアースで蚊を追掃ひ乍らねてゐたのに、昨夜からは先づアパートぐらしといふ形、ずゐ分かはったものだと思ひます。

(八)洋服は去年作ったホームスパンの合着と合オーバー、それにフラノの合着を送って下さい。ネクタイはいい奴だけ五六本、ワイシャツはこちらの酒保で買ふ事にしませう。それでも使へ

さふなものがあったら一緒に一二枚おたのみします。シャツズボン下は間に合いそう、靴下はやはりこちらで買った方が安さうです。靴もこちらの方が大分安いのでこちらで買います。帽子だけあの兎の毛のやつを（あれは丸めて大丈夫ゆゑ）お願ひします。

支那派遣軍報道部　石川信雄

大竹栄様　澄子（妹）様（一九四四年八月二四日、石家荘にて）

一、包頭でかいたハガキ、ここまで持ってきてしまったので――。
一、包頭から大同を経て、太原に入り、今日は太原から娘子閣を越えて石家荘（石門）までやってきました。大同、太原間の同蒲線北稜は、もの凄い断崖のてっぺんをぐる〜まはるやうになってゐて、其の度に肝を冷しました。日本の工兵でもなければ、あんな所にレールをひかうなんて考へないのぢゃないか、と思ふ位の所でした。太原は肥沃な平野の中央にあり、その肥沃さの程度は想像を遥かに越えてゐました。香ばしい李を食べました。ここは物価も大分安いやうでした。
一、明日は開封に向かいます。開封方面は米機の目標になってゐるらしく、一寸緊張します。月末までに南京入の予定。御大切にいのり上げます。
イサオ君によろしく。

華北石門、偕行社にて　石川信雄

葉書
大竹栄様　澄子様

包頭に来ました。厚和（綏遠）からトラックで北へ入り、陰山山脈を越え、蒙古の大草原地帯及それに続くゴビ地帯を突破して、外蒙国境線近くまで行って来ました。（但、土屋老は棄権）東京から原ノ町まで位の間に木が一本もなく、十里おき位にラマ寺が一ツに包《パオ》が五ツ六ツあるといった漠々たる平原。その奥で黙々と仕事してゐる青年も居ました。モウ古角力もモウ古競馬も見、活佛にも招待されました。これから少し急いで中支に向ひます。草原で十日暮してしまったので——。

包頭ニテ　石川信雄

（八月二四日の手紙と一緒に投函された）

解題

人名・語釈・書誌・特記事項を補足した。（敬称略）

『シネマ』

『シネマ』の歌は、第一次「短歌作品」（一九三一年一月〜）に連載された一二一首である。序文で前川佐美雄は「優しくして逞しく、新しくして含蓄があり、すべて抒情詩の本領を遺憾なく發揮しえてゐる」と述べ、平田松堂は「面白いと思ひ、巧いと思ふ。しんみりとさせ、うつとりとさせる――やつぱり氏の發見した詩がここにある」と評し、中河與一は「すぐれた藝術家がさうであるやうに常に彼は輕佻でない。一つの複雑さを持つて世界を見てゐる」と論じている。

初期の作品を読み通すと「エスプリ」と『シネマ』の間で短歌が洗練され、劇的に進化したように感じる。本書には『シネマ』以前の歌も収められているので、ぜひ読み比べていただきたい。作者の創作への思いは「エピロオグ」に語り尽くされ、どのように歌を受けとるかは読者の想像力に委ねられている。

花

・ケルビム……智天使。人間・獅子・牡牛・鷲の四つの顔と四枚の翼を持つ天使。古代ギリシアの有翼の女神ニケが原型であると云われる。

ポエエム

・われの伯父……石川家で初めて基督教に入信した石川和助（青山教会牧師）はは伯父のひとり[*1]。

・ボオ・ジェスト氏……一九二七年公開の映画「ボー・ジェスト」に因むと思われる。続編は三一年「独立守備隊」。仏外国人部隊に入った三兄弟の物語で、長男の名がMichael Beau Geste。

・〈どれくらゐ青いそらだつて見るつもり〉の歌は「短歌月刊」三巻二号、「短歌作品」一巻一号、「貝殻」六号の三誌では結句が〈ぐつすりねむる〉。異稿として「フオルム」一九三一年二月号では〈すつきりねむる〉。「貝殻」は、信雄の弟石河穣治が一九三二年に創刊した新藝術雑誌。信雄は「貝殻」に短歌のほかコクトオ、ジャコブの訳詩を発表。さらに「貝殻」には北園克衛、左川ちか、山中散生、江間章子の詩、矢崎彈、穣治らの作品が掲載されている。

・ロビン……一九二〇―三〇年代に販売された十本十銭の煙草。

・ファレル……チャールズ・ファレル（一九〇〇―九〇）は一九二〇年代から活躍した米俳優。映画「第七天国」が有名。

鳩

・ドオラン……ドーラン。主に舞台で用いられる油性の練り白粉《おしろい》。

・ギイヨオム・アポリネール……ギヨーム・アポリネール（一八八〇―一九一八）。仏の詩人、小説家、図形詩《カリグラム》作家。この歌はアポリネールの詩「La Blanche Neige」に因む。信雄はアポリネールの掌編「青色の眼」訳を「藝林」（二巻七号、一九三九年、藝林発行所）に発表。

・ピエ・ド・ネエ……仏語「あっかんべえ」。両手の親指を鼻につけて他の指をひろげる仕草。「avoir un pied nez」で、希望と現実の間に隔たりがあることを示すという。

・プリマス（プリムス）……一九二八年に米国のクライスラー社が始めた大衆車ブランド。

・ガルボオ……グレタ・ガルボ（一九〇五―九〇）はスウェーデン生まれの映画女優。

・アブサン……苦艾《くがい》（ニガヨモギ）、茴香《ういきょう》、アニスなどハーヴ・スパイスを使った蒸留酒。幻覚を引き起こす作用や中毒性があるとされ、国により規制がある。

・ロンバアド……キャロル・ロンバード（一九〇八―四二）は米国出身の女優。彼女はコメディエンヌとして活躍したが、飛行機事故で早世する。

『太白光』

紅葉信抄

戦後、文芸誌の「武蔵文化」、「オレンヂ」、「くれなゐ」、第二次「短歌作品」、「日本歌人」、「短歌研究」、『懸谷』(日本歌人十五人集)に発表した歌を基に構成され、復員後の歌がまとめられた。

・歸郷……「國やぶれ山河あり」五首は、「短歌研究」(三巻二号一九四六年)に掲載された歌である。通信分隊長として再応召した千葉の釘付部隊から、終戦の翌月に埼玉へ帰郷する。

・打木村治……一九〇二―九〇。石川家縁戚の小説家。児童文学書『大地の園』には石川製糸が丸川製糸として登場する。打木村治は信雄の最晩年を掌編「原罪歌の人」に描いた。*2

紅葉炎

・「八雲」二巻二号通巻三号、一九四七年、八雲書林に「紅の熱情」として前掲がある。

戀愛學

・「日本短歌」一七巻一号、一九四八年、日本短歌社に「戀愛夢幻」として初出がある。

春の暴風雨

・石原圓彌……支那派遣軍報道部の同僚。慶応大学卒業。毎日新聞記者。戦後は東海ラジオ取締役。

四條大橋

・河原町蛸薬師に泊る……京都に移り住んだ信雄の妹(照子)の住まいを示す。

溪谷行

・ミサンスロオプ……人間嫌い。

・孔丘……孔子の本名。

紅葉信

・羅曼亭……埼玉県入間郡武蔵町黒須に在った住家を指すと思われる。

私信

・筏井嘉一……一八九九―一九七一。白秋門下の歌人。「香蘭」選者として信雄の歌を推挙。昭和五年「エスプリ」を石川信雄、鈴木杏村、蒲地侃、高須茂、立澤新六(宮川雅青)、松本良三と創刊。『新風十人』参加。創生短歌会主宰。兄弟子である筏井嘉一を信雄は生涯敬愛した。

・シャアウッド・アンダアスン……シャーウッド・アンダソン(一八七六―一九四一)。詩人・小説家。

田園生活の因習のなかで孤独に生きる人々を描いた。二十世紀米作家の父と云われる。

菊池寛忌

・菊池寛忌……菊池寛は一九四八年三月六日逝去。菊池寛忌には多くの文学者が多磨霊園に集った。

・卓球……菊池寛は卓球が得意であり、文藝春秋社には卓球台が設置されていた。

・十園札《いのしし》……旧十円札甲号券。表面に和気清麻呂と護王神社、裏面に猪の絵が刷られていた。

阿寒パノラマ

・白木正一……一九一二―一九五。画家。シュールレアリスム運動を牽引。一九四三年妻の早崎龍江と飯能に移る。白木夫妻と信雄は五〇年に北海道へ旅行した。『太白光』(初版)の装幀、クラーク『月世界植民地』元々社(石川信夫訳)の挿絵を手掛ける。五八年～八九年まで米国で活動。

・〈釧北の峠に我はあつと叫ぶあつとさけぶことの如何にすくなき〉……大岡信は、『折々のうた』(一九九〇、朝日新聞社)でこの歌を評す。「阿寒湖を見下ろす釧北峠。作者はそこに立った瞬間の感動を端的に詠んだ。すなわち「あつと叫ぶことの如何にすくなき」わが日々の生き方に重い衝撃を受けることでもあった(中略)昭和初期の詩歌革新運動を短歌の世界で最も純粋に実践した人だった」。

佐美雄に與へて

・五首は、「日本歌人」(三巻四号、一九五二年、日本歌人社)に「とり急ぎ佐美雄の大人に參らす」に初出がある。

花の幻

・妖艶調……古今・新古今和歌集へのあこがれから来た歌(日本歌人十五人集『懸谷』序より)。

・藏原伸二郎……一八九九―一九六五。詩人、小説家。熊本阿蘇神社の神官の家系で、北里柴三郎の甥にあたる。入間郡吾野村に疎開した後飯能に移る。「武蔵文化」(「飯能文化」)に参加。

・野口赫宙……張赫宙《ちょうかくちゅう》(一九〇五―九七)。在日朝鮮人作家。植民地統治下の農民を描く。五二年日本に帰化。赫宙『嗚呼朝鮮』(英語版)を下島連・信雄は共訳したが、原稿は未確認。

江南春抄

一九四〇年八月菊池寛と友人たちの働きかけで、信雄は前線部隊から南京の支那派遣軍総司令部報道部へ転属する。その後二年の空白を経て、草野心平に金陵女子大学へ誘われた日を契機に再び歌を作りだす。信雄が編集に携わった中日文化研究雑誌「黄鳥」(草野心平発行)からも収録し、四四年一月までの歌が収められた。「江南春抄」については、押切寛子『「江南春抄」を読む』が二〇一八年に鶫《つぐみ》書房から刊行された。

南京の春

・草野心平……一九〇三―八八。詩人。一九二一年中国に渡り嶺南大学に入学、反日運動が激化し帰国。四十年に同窓生の林柏生(汪兆銘政府の宣伝部長)から招かれ、宣伝部顧問に就任。草野心平は南京放送劇団を結成し日本語ラヂオ放送劇を演出、信雄は放送劇運営を支えた。敗戦後草野心平は日僑集中営(日本人収容所)に入営、四六年引揚。[*3] 六五年日本現代詩人会会長。

・黄包車……「日本で考案された人力車が(中略)自家用と区別して営業用のそれを指すために用いられるようになった表現」(大橋毅彦『昭和文学の上海体験』二〇一七年、勉誠出版に拠る)。

・中大農園〈赤と白ふたいろに咲く桃の木〉……一本の木に紅白の花が咲く、源平桃と思われる。

・陰陽營……三首は、「やまと」―南京陰陽営―二巻一号、一九四五年に初出がある。南京市で北陰陽営遺跡の発掘が行われていることから、地名を表すと考えられる。

・馬午君……画家。「紙弾」(一九四三年報道部発行)に挿絵を描き、信雄と共に日本の画家と交流。信雄は従軍画家高澤圭一、原精一(「紙弾」挿絵)、三浦乃亞(「黄鳥」挿絵)の写生に同行し、戦後も交流を続けた。

めぐりあひ

・三弟……信雄の弟、克己(三男)、公平(四男)、武男(五男)を指す。これら五首は「黄鳥」三号、一九四三年に初出がある。

蘇州仲春

・京滬《けいこ》線……南京から上海に至る鉄道を一九二七—四九年まで京滬線と呼んでいた。現在は北京—上海間を指す。

・楓橋……寒山寺の隣、楓橋古鎮（京杭運河沿い）にある橋。張継の七言絶句「楓橋夜泊」で有名。

・大丸百貨店……一九三九年に大丸蘇州店が開業した。

兆豊花園

・兆豊花園（ジエスフイイルド公園）……現在の中山公園。英国フォグ社が築いた歴史ある公園。庭園は上海市民の憩いの場。

玄武湖の初夏

・名取洋之助……一九一〇—六二。写真家・グラフィック・デザイナー。日本工房を創設し、対外宣伝紙「NIPPON」を発行。中国で紙の調達に窮し草野心平を頼る。信雄は除隊時（四四年一月）名取別邸（上海）に逗留。この折の逸話は「上海の蘆辺」（「藝文」一巻十一号、一九四四年、満州文藝春秋社）に人物を仮名にして描かれている。

上海漫吟

・張嘯林《ちょうしょうりん》……一八七七—一九四〇。中華民国の秘密結社青幇《せいほう》の首領。日本と手を結んだことから刺客に暗殺された。実際には信雄と接点がなく、暗喩を用いた作品である。

秦淮《しんわい》の畫舫

・畫舫……美しく飾られた遊覧船。異稿で華舫、花舫とも詠んでいる。

・花彫……紹興酒。

・賣想思《マイシャンス》……流行歌。

翔空吟

・院子《ユアンツ》……中庭がある、塀で囲まれた屋敷。

南昌に八大山人を思ふ

・八大山人《はちだいさんじん》……一六二六—一七〇五。明末~清初の書家、詩人。明王室の子孫。明滅亡後出家。後に還俗、南昌で画家として名を残す。画風は洒脱。佯狂《ようきょう》（狂ったふりをする）の人。

嫦娥《じょうが》月に奔る

・嫦娥……淮南子《えなんじ》―西王母が羿に不死の霊薬を与え、それを飲んだ妻嫦娥が月に登ったという伝説。

杭州雑詠

・アプスハアゲン博士……ドイツ人新聞記者。信雄は博士を前線の杭州・金華へ案内する命を畑俊六司令官から受ける。一九四三年十一月半ば博士と信雄は、東京で大東亜会議に参加したチャンドラ・ボースの歓迎行事を上海で見聞後、杭州へ向かう。

・三潭印月……西湖の水位を表す三潭島を指す。

江上吟

・臘月《ろうげつ》……陰暦の一二月。

・四五六の白鶏……菜館の蒸鶏料理と推測される。

・戈克《ジャンク》……木造帆船(ジャワ語)。

・香車《かしゃ》……遊女を管理・采配する女性。

・平蕪《へいぶ》……雑草の生い茂った平野。

・五斗米《ごとべい》……およそ五升の米。わずかばかりの米。

岳陽冬日

・洞庭の冬……杜甫の「登岳陽樓」に倣うが、冬の渇水のために洞庭湖に太陽と月が日夜泛ぶとは歌えない。

・舜の君……舜帝に堯帝の娘、蛾皇・女英の二妃があり、舜帝没後二妃は湘江に入水したという伝説。

湖南の空

・白螺磯《はくらき》……岳陽の北東、揚子江岸の白螺磯に日本軍の飛行場があった。現在の地名は白螺鎮。

黄土集抄

一九四四年七月―一一月まで信雄は「文藝春秋」特派員の立場で、土屋文明(「短歌研究」特派員)・加藤楸邨(「俳句研究」特派員、いずれも改造社)の案内役として中国に派遣される。旅行中の便宜を得るため、三名とも陸軍報道部嘱託の資格を得た。北京にて周作人に宛てた信雄の手紙の中では、信雄の役職は「文藝春秋社企劃部長」となっている。この大陸行を土屋文明は『韮菁集』、加藤楸邨は『砂漠の鶴』(紀行句文集)、信雄は「黄土集」に纏めた。この旅については雁部貞夫『『韮菁集』をたどる―大陸の文明と楸邨』(二〇一五年、青磁社)が詳しい。

哭長城

・哭長城……この題は、万里の長城の伝説に因む（范喜良という男が始皇帝の長城造営に徴用されて命を落とし、彼の妻猛姜女が慟哭すると長城が崩れ、埋められていた夫の亡骸を発見する）。この悲劇的な題材は歌謡や京劇の形で広く流行した。

・察哈爾《チャハル》……中国の旧省名。語源はチンギス・ハンの護衛兵。一九五二年に北部は内モンゴル自治区に、南部は河北省に編入された。

・烽火臺……外敵の襲来を烽火《のろし》で知らせる建造物。

石佛を戀する歌

・雲崗石窟……雲崗武周川岸の仏教寺院遺跡。北魏王朝が五世紀に造営。仏像は五千体を超す。

・大同炭鑛……山西省大同市にある中国最大規模の炭田。戦時中は日本軍が接収。

・掩體《えんたい》……敵弾から味方を守るために、土嚢やコンクリートで築いた設備。

鴛鴦の規則

・鹹湖《かんこ》……塩湖。

大荒抄

・幽計隊長……幽経虎嵓《ゆうけいこがん》（一九一五―九七）。百霊廟でラマ工作に従事した特務機関員。福井県の寺院に出生、一九三九年末に「後方勤務養成所」（後の中野学校）に入所。四三年綏遠で特務機関長（陸軍大尉）となる。四五年春に少佐に昇進。敗戦後ソ連のマルシャンスク国際俘虜収容所に抑留され、四八年帰国。戦後は米国の調査機関に勤め、八一歳でその数奇な人生を閉じた。*4

・沙風蓬根……盧弼《ろひつ》の七言絶句「和李秀才邊庭四時怨」に倣う。「八月霜飛柳邊黄、蓬根吹斷雁南飛」（意：陰暦八月頃（現在の初秋）霜が降りて柳蓬《やなぎよもぎ》が枯れ、根が大地から転がるように風で飛ばされ、雁は南へ渡る。転蓬は流浪の生涯を表す。信雄の異稿では蒙古ヨモギと詠んでいる）。

・拒馬《きょば》……駒除け。敵の通過を阻む、道路に設置する障害物。

・黄酒……米から作る発酵酒。長期熟成させたものは老酒、浙江省産は紹興酒と呼ぶ。

・喇嘛《らま》……チベット仏教における僧侶の敬称。
・ダルハン旗公署……「旗」はモンゴル自治区の行政体、「公署」はかつての役場の意。
・妃の河……西夏の最後の王妃ゴアがチンギス・ハンを斥け、黄河に身を投げたという伝承。
・獐《のろ》……ノロジカと呼ばれる小型のシカ。

黄河のほとり

・オルドス……オルドス盆地（陝甘寧《せんかんねい》盆地）と呼ばれる地域。語源はモンゴル語のオルド（宿営地）。

山西省

・同蒲線……大同―石佛―段家嶺―寧武―軒崗―太原―蒲州を結ぶ鉄路。戦時中、寧武―段家嶺間の鉄道工事は日本の建設会社が担った。
・桔梗利一……一九〇七―七五。文藝春秋社編集者。一九四三年応召、山西省太原で宣伝班所属。社の先輩桔梗利一は晋祠見学の護衛役だった（「風信」四三号―桔梗護衛兵殿―一九五八年、六友社）。
・〈山西の子の面型は見つ〉……晋祠《しんし》廟水祭の折、土屋文明と信雄が廟に併設された小学校を見学したことに由来すると思われる。
・巴旦香……スモモの一品種。種子がアーモンドとなる品種もある。
・石家荘……河北省の省都。交通の要衝。

河北より河南へ

・京漢線……北京―広州間の鉄路。現在は京漢線と粤漢線が繋がり、京広線となる。

別離南京

・津浦線……一九三六年に日本資本により開通した天津―上海間の鉄道。

北京の秋

・小池亮夫《あきお》……一九〇七―六〇。詩人。「日本未来派」に作品を発表。詩集に『平田橋』。
・生活學校……一九三八年に羽仁吉一・もと子により北京郊外に開校した自由学園北京生活学校。一五―一八歳の女子に生活技術、日本語、美術工芸などを教え、四五年まで存続した。
・羽仁五郎《はにごろう》……一九〇一―八三。歴史家。参議院議員。「都市の論理」（一九六八年、勁草書房）などの著作がある。
・羽仁説子《せつこ》……一九〇三—八七。教育評論家。羽仁吉一・もと子の娘。石川家は自由学園の理念に賛同し、石川の子女は自由学園に進むことを推奨された。
・白乾兒《パイカル》……高粱《コウリャ》を原料とした蒸留酒。

『紅貝抄』

母照子から譲り受けた、信雄の遺品を改めて整理していた際に「石川信夫資料」と書かれた茶封筒が現れた。その中に麻紐で括られた原稿用紙の束が入っており、表紙に「紅貝抄」と書かれていた。目を通すと、戦後の窮乏の中での告げられぬ恋が主題となった歌稿だった。原稿は本人の手で清書され、ルビが振られ、さらに赤鉛筆で頁割・文字の大きさ・カット割りが指示されていた。これらのことから、この歌稿は石川信雄が発表する意志を持って準備していたものと判断した。「紅貝抄」は残された者に託された遺書のように思われ、第三歌集として発表することにした。

紅貝抄

・ジュリアン・ソレル……仏作家スタンダール（一七八三—一八四二）作『赤と黒』の主人公。
・隧道《すいどう》……トンネル。

失墜の鳥

・ライナァ・マァリャ・リルケ……ライナー・マリア・リルケ（一八七五—一九二六）。オーストリアの詩人。恋愛抒情詩を評価されるが、彫刻家ロダンから影響を受け事物詩に向かう。
・マダム・ボヴァリイ……フローベール（一八二一—一八八〇）による代表作『ボヴァリー夫人』のヒロイン。夢想に耽る医者の妻が不倫や浪費で破滅してゆく物語。公序良俗に反す小説と裁判になるが、作者が勝訴する。
・丈余《じょうよ》……一丈（約三メートル）を超えていること。
・ハンチング……ハンチング帽。英国で広まった狩猟用ベレー。鳥打帽。
・プロパリン錠……鎮静・不眠の薬。正式名称はブロバリン錠。
・モンテルラン……一八九六―一九七二。仏作家、貴族の出身。第一次大戦で重傷を負う。一九三六年『女性への憐憫』を発表。男性的な行動を称賛し、女性蔑視の作風で知られた。
・海彼《かいひ》……海の彼方。外国。

さびしき神

・嫣然《えんぜん》……なまめかしくしっとりと笑むさま。
・面輪《おもわ》……顔。
・たどき……たづき、生計。
・おぎろ……広大なさま。

歌集未収録歌

雑誌に掲載された短歌から重複・異稿を除いて収録した。

「詩歌時代」 一巻三号、一九二六年、創作社

五首は文芸誌の推薦欄に初めて載った歌。選者の若山牧水はこう評す。「同じく幼いが、少々ひねくれたところのある幼さである(中略)どうか、土をかぶつた掘りたての馬鈴薯であつて呉れ」。
・冬至祭……古代ヴァイキングの間で冬至の頃に行われた祭。キリスト教のクリスマス。

「香蘭」 五巻六号、一九二七年、香蘭詩社

・〈わだおきの大島の嶺呂が吐く〉……「呂」は背骨の意。「大島の歌は説明が勝っています」という端書は、香蘭編集部に宛てたものと思われる。

「香蘭」 六巻五号、一九二八年、香蘭詩社

・〈力こめて抱きしむれば氣は遠し〉……年鑑短歌選(六巻十二号)では伏字が〈あが精〉に改稿された。五号から筏井嘉一により准同人欄に推挙される。

「香蘭」 七巻五号、一九二九年、香蘭詩社

本号所載の五首は、「エスプリ」二号の「無為の研究」第一章に採録された。〈なにしてもおもしろくなれるわれ Candy の類をむさぼりてゐる〉の歌が初出で、「エスプリ」の歌とは異同がある。

「日本歌人」(第一次)一九三四年創刊

信雄は「短歌作品」以降は戦地に赴くまで作歌の筆を折り、「日本歌人」には数首の詠草のみである。

その代わり五〇を超える歌論・随筆・掌編・翻訳詩を書き続けた。それらの多くは『石川信雄著作集』（二〇一七、青磁社）に採録されている。

応召期

「文藝春秋」（時局増刊）一八巻三号、一九四〇年、文藝春秋社

戰場の歌

・胸墻《きょうしょう》……敵弾を防ぐための胸の高さほどの盛り土。
・酒保《しゅほ》……兵営で日用品・嗜好品を安価に提供する売店。
・鐵甲……鉄のヘルメット。
・岡倉天心……一八六三―一九一三。美術史家。フェノロサの美術品収集補佐。タゴールと親交。

「日本歌人」一巻七号、一九四〇年、日本歌人社

〇印は、軍の機密を守るため地名が伏せられた。

・星ケ岡……星ヶ岡茶寮。麴町公園にあった北大路魯山人顧問の会員制料亭。上の句は料亭名。
・栲綱……コウゾなどの繊維で作った綱。綱が白いことから「しろ・しら」に掛る枕詞。

「短歌研究」九巻一一号、一九四〇年、改造社

・慰問袋……出征兵士に送る日用品・食料品・手紙類を入れた袋。

「日本歌人」二巻二号、一九四一年、日本歌人社

・中野正剛……一八八六―一九四三。早稲田大学卒のジャーナリスト、政治家。東方時論社主筆。日独伊三国同盟を支持したが独裁的な東條英機に反発。新内閣画策の件で拘束され、自宅監視中に自決する。一九四〇年九月に三国同盟が調印されていることから、〈去年《こぞ》の春〉は三九年春と推測される。そのころ中野正剛と信雄に接点があったとすれば、応召前の文春編集者の時期と思われる（参考文献：『中野正剛』、猪俣敬太郎、一九六〇年、吉川弘文館）。
・本多大使……本多熊太郎（一八七四ー一九四八）外交官。汪兆銘政権下の中華民国大使（～四一）。
・慶祝日徳義同盟……「日獨伊同盟」の中国語表記。
・傳單《でんたん》……敵国の民間人・兵士の戦意喪失を目的に作られた、宣伝謀略用のチラシ。
・三浦逸雄《はやお》……一八九九―一九九一。伊文学者、

「セルパン」編集長。子息は三浦朱門。

「黄鳥」 創刊号、一九四二年、木村印刷（南京市）

・上路《かみじ》忠雄……詩人、鳥類研究者。南京自然科学施設職員。四二年南京日本YMCAで大使館勤務の教会員と結婚。草野心平編集の「中日文化」「黄鳥」「亞細亞」に参加。詩集に「未来の記憶」。

「黄鳥」 三号、一九四三年、木村印刷

南京の春

草野心平の激励により信雄は三晩で南京百首を完成させ、「黄鳥」に発表する。これらの歌は日本の短歌雑誌「民族短歌」（八巻一号、一九四四年）に転載されたが、数首に手直しが見られる。

・〈今年花發路傍枝　年年爲客不到舍〉……薛業《せつぎょう》の七言古詩（意：今年路傍に花が咲く季節が来ても、何年も仮の宿に居て故郷には帰っていない）。

前線拾遺

・衢州《くしゅう》……温暖な気候の浙江州西部。

・直巷《ちょっこう》陣地にて……歩兵二等兵として初めて派遣された地域、江蘇州金壇県直巷村。

・〈母の如く慕ひし伯母死すとの報あり〉……一九四三年三月に亡くなった伯母石川つめを指す。信雄はつめの世話になり、中学に通った。若くして未亡人になったつめは、基督教に基づく経営を行っていた石川組製糸工場の女工監督を務めた。石川組の工女は夜間家庭学校で読み書き・裁縫を学び、希望者は日曜学校に参加した。当時の石川家の子女は幼児洗礼を受け、信雄は戦地で母からの十字架を身に着けていた。

・薛《せつ》埠鎮警備隊にて……現在の江蘇省常州市。

・佐佐木茂索《もさく》……一八九四―一九六六。文藝春秋社編集長。作家。朝鮮仁川に渡り、英国系銀行で働きながら独学で英語と漢文を習得した。戦後は文藝春秋新社社長。妻大橋房子は新興藝術派作家。

「文藝春秋」 二三巻三号、一九四五年、文藝春秋社

・岡村最高司令官……岡村寧次《やすじ》（一八八四―一九六六）。一九四一年北支那方面軍司令官に就任、軍紀を厳格化する。四四年支那派遣軍総司令官。ポツダム宣言受諾後も蔣介石に留用され、南京総連

絡部長官として官民二百万人の帰還事業にあたる。四九年上海の軍事法廷で無罪判決を受け、帰還する（参考文献：船木繁『岡村寧次大将』、一九八四年、河出書房新社）。

「新女苑」 九巻五号、一九四五年、実業之日本社

・〈山の中に分哨を守りてはつかなるたのしみもあらむ我も知れるに〉……誌上では〈分哨を守りてはなるたのしみもあらむ〉だが、作者による修正に従って〈はつかなる〉とした。

「やまと」（「民族短歌」改題）一巻一号、一九四四年、大雅堂

・汪主席……汪兆銘《おうちょうめい》（一八八三―一九四四）、別名《あざな》精衛《せいえい》。孫文の後継者と嘱望された文人政治家。戦争の早期終結を目指し、強硬派の蒋介石と袂を分かち反共親日の立場をとった。その為漢奸と呼ばれ、二度の狙撃を受けている。清王朝を倒そうとした革命家であり思想家《イデアリスト》であった汪清衛に、信雄は深い敬意を抱いていた。清廉潔白な人柄で、人を魅了する政治家であった。

・林部長……林柏生（一九〇二―一九四六）。政治家。一九二〇年嶺南大学で学び、草野心平に出会う。二五年汪精衛の秘書となり明快なことばで汪精衛の理念を民衆に伝えた。三九年国民党中央宣伝部部長。四三年最高国防会議委員、翌年安徽省長。敗戦後日本へ亡命したが、陳公博と共に中国へ送還され、四六年高級法院で死刑判決を受けた。

「やまと」 一巻二号、一九四四年、大雅堂

・ブロオドウエイ・マンションズ（百老上海大廈）……一九三四年竣工の十九階建てアールデコ建築。三七年日本軍が徴発、海軍の児玉機関、南京国民政府等が入った。現在はホテルとして営業。

「やまと」 二巻六号、一九四五年、大雅堂

・徴兵検査……四四年一一月に中国から帰国後、信雄にとって二回目となる徴兵検査。

「揚子江」 七巻九号（通巻七二）、一九四四年九・一〇合併号

・柳雨生……一九四三年上海で文学雑誌「風雨談」を創刊。汪政府宣伝部編審。第一回―三回大東亜文学者会議に出席。四六年文化漢奸として裁かれ三年の懲役刑を受ける。六二年豪州国立大学に採

用され定年まで勤続。六九年ハワイ滞在中の草野心平と再会する（杉野元子「柳雨生と日本―太平洋戦争時期上海における「親日」系文人の足跡―」、二〇〇三年、日本中国学会報五五号に拠る）。

・外白渡橋《ガアデンブリッジ》……一九〇八年に懸けられた呉淞江にかかるパーカートラス橋。

「**文學界**」一一巻四号、一九四四年、文藝春秋社

・戎衣《じゅうい》……軍服。

「**文藝日本**」七巻三号、一九四五年、文藝日本社

・〈汪先生のねむりたまふに〉……骨髄腫治療のため来日していた汪精衛は一九四四年一一月一〇日名古屋帝国大学附属病院で客死する。日本政府が示した近衛三原則は守られないまま戦況が悪化し、志半ばの無念の最期だった。遺体はすぐ南京に送られ、仮国葬ののち梅花山に埋葬。四六年に墓は重慶国民政府により破壊された。

「**藝文**」二巻三号、一九四五年、満州文藝春秋社

「藝文」「大陸」「月刊毎日」「黄鳥」は戦時下の中国で発行され、近年その全容が解明された日本語雑誌。一三首のうち一〇首は、「オレンジ」四号「青き瞳」の前掲にあたる。

・スンガリ……松花江。満州語の天の川を意味するスンガリウラに因む。

・太陽島……松花江中州の島。外国人の別荘地として発展。

・キタイスカヤ……哈爾濱《ハルピン》キタイスカヤ中央大街は商館、百貨店の並ぶ繁華街。

・ステンカ・ラアジン……ロシアの民謡。

「**大陸**」二巻五号、一九四五年、大陸新報社（上海）

「大陸」は二〇一七年に北京外国語大学秦剛教授によって発見された。内容は「早稲田文学」（初夏号、二〇一八年、早稲田文学会）に復刻され、佐佐木信綱・佐藤春夫・井伏鱒二・土屋文明・壺井栄らの作品が掲載されていた。

・太田宇之助……一八九一―一九八六。早稲田大学在学中に王統（中国の革命家）と出会い第三革命に参加。孫文と親交。大阪朝日新聞社に入社し、二九年上海支局長。四十年支那派遣軍総司令部嘱

託、四三年汪政府経済顧問、江蘇省政府経済顧問に招聘された（檜皮瑞樹、早稲田ウィークリー二〇一五・一・一九に拠る）。戦後自宅を中国留学生の宿舎とした（現在の東京都太田記念館）。

・玫瑰《かいまい》饅頭……薔薇の花を象った饅頭。土屋文明お気に入りの菓子。

「**月刊毎日**」二巻八号、一九四五年、月刊毎日社（北京）

〈玉峰塔〉〈雲にのぼる〉〈石橋の欄干〉の三首は、「やまと」（一巻四号、一九四四年）掲載の「北京」三首が初出である。終戦間近に北京で発行された「月刊毎日」は、二〇一六年立教大学石川巧教授により発見された。なお二巻八号の石川信雄「北京」三首の掲載を教えてくれたのは前述の秦剛教授だった。

終戦

「**オレンヂ**」一号、一九四六年、香燈社

・隴海線……清朝期に開封から洛陽、一九三六年には河南省霊宝―西安―陝西省宝鶏まで開通。五三年に甘粛省天水―蘭州の鉄路が完成。

「**短歌季刊**」創刊号、一九四七年、アルス

・金陵雨花台……金陵は南京の古称。南京市雨花台区にある陵園。太平天国、辛亥革命時の戦地。

「**短歌季刊**」四号、一九四八年、アルス

・〈十九年夏加藤楸邨とゴビを行く。土屋文明は綏遠に待期す〉……土屋文明が体調不良で綏遠に残留した事は、信雄の妹澄宛て軍事葉書に記されている。

・綏遠《すいえん》……綏遠はかつて存在した旧省名。オルドス地方から黄河彎曲部にまたがる地域。

「**東海歌人**」二巻六号、一九四七年、東海歌人連盟

・清漪園……北京北西にある清朝期の広大な離宮。現在の頤和園《いわえん》。昆明池と萬寿山は人造。清漪園《せいいえん》。

・排雲……雲をおしひらく。

・扁柏《へんぱく》……ヒノキの異名。

「**短歌往来**」一巻六号、一九四七年、鼎書房

・〈百霊廟はステップの北冬はこのシエパアドを抱きていねむと言ひしか〉……現地の牧畜犬とみなすと、当時どの家でも飼われていたというモンゴリアン・バンホールという犬種が考えられる。

「**風物**」二号、一九四七年、風物社

〈朔なるやハットンゴルの涸川に〉と〈デレス地帯自動車を押すと踏みしだく〉の二首はゴビ砂漠行の往路でトラックが立ち往生した際の歌。タイヤが砂に嵌まったため、幽計隊長、加藤楸邨、信雄らは一旦車を乗り捨て、夜通し徒歩でトクミン・スムに向かった。

・デレス地帯……ゴビ地域のイネ科の多年草デルスに覆われた地帯。デルスは少雨時の家畜の食料。

「**短歌雑誌**」四巻二号、一九五〇年、短歌雑誌社

二号に、〈善よりは〉の異稿がある。〈大方は悪に傾ける人をのせ我が円球《えんきう》は虚空を旅す〉。

・富樫《とがし》……安宅の関守、富樫左衛門尉が弁慶の忠心を汲み、強力《ごうりき》に変装した義経たちを通過させる。謡曲の安宅、歌舞伎の勧進帳で知られる。

「**短歌作品**」四号、一九五〇年、短歌作品社

・オゴセ郊外……埼玉県入間郡越生《おごせ》町。

・オツペ川……奥武蔵が水源。越生で高麗川、小畔川、都幾川が一つになり、川越北部で入間川に合流。

「**日本歌人**」三巻二号（通巻一〇七）、一九五二年、日本歌人社

・シュルレアリストの画家……友人の画家、白木正一と推測する。

「**日本歌人**」三巻八号（通巻一一三）一九五二年、日本歌人社

・洋河《ようが》……北京市から天津市を流れる永定河の支流。

「**日本歌人**」三巻九号（通巻一一四）一九五二年、日本歌人社

・〈空の青搾られ垂りてこのわたり紫と咲くか綏遠に入る〉……「紫と咲く」花については〈蒙古高原〉という紀行文にも同様に書いている（「山小屋」十三巻四号、一九四六年、朋文堂）。

「**日本歌人**」四巻一号（通巻一一六）一九五三年、日本歌人社

・汾河《ふんが》……山西省を流れる、黄河第二の支流。

・苹果……林檎。

「**日本歌人**」四巻八号（通巻一二三）一九五三年、日本歌人社

・藁屋……藁ぶき屋根の家。

・バンブウ……蚌埠（安徽省）。

「**日本歌人**」五巻三号（通巻一二六）一九五四年、日本歌人社

・利休鼠の雨……利休鼠色（緑を帯びた灰色）の雨。

北原白秋「城ヶ島の雨」が脳裏にあるのだろう。「雨はふるふる城ヶ島の磯に利休鼠の雨が降る」。

・麺麭……ダリの描くパンのように膨れる雲の喩え。

「**日本歌人**」五巻七号(通巻一三〇)、一九五四年、日本歌人社

・見原文月……一九〇三―五四。歌人。「心の花」同人。戦後日本歌人に参加。歌集『雲泥』。

「**日本歌人**」一〇巻三号(通巻一六二)一九五九年、日本歌人社

・猿取いばら……雌雄異株のトゲのある落葉低木。猿も容易に動けないという意。初夏に黄緑色の花が咲き、秋に紅い実がつく。別名山帰来《さんきらい》。

「**日本歌人**」一〇巻八号(通巻一六六)一九五九年、日本歌人社

・ライネツケ……カール・ライネツケ(一八二四―一九一〇)。ドイツロマン派の作曲家。

・赤い子馬……スタインベックの短編「赤い仔馬」のほか、信雄は『二十日鼠と人間』『罐詰横町』『長い谷間』を翻訳。

・〈いくつかのセオリイを秘めその証拠《あかし》〉……信雄は、エラリー・クイーン『トランプ殺人事件(ハートの4)』(一九五七年、六興出版)を翻訳。

・〈シエリの一句原語もて読まず〉……パーシー・シェリー(一七九二―一八二二)は英ロマン派詩人。バイロン、キーツと親交。妻メアリーは『フランケンシュタイン』を発表。短い波乱の人生を帆船の遭難で終える。信雄は〈シェリイを誦めばもう春である〉ほか数首に詩人の名を挙げる。

「**短歌星座**」一巻四号、一九五二年、日本歌人東京支部

・武川……モンゴル語で高い山崖を意味する。異稿では、武川を「可可入利更《カカイリカン》」と詠んでいる。

『**懸谷**』十五人集、一九五二年、日本歌人叢書

歌は「紅葉信」七五首中の一首。執筆者は石川信雄、中川忠夫、堀内小花、中鹽清臣、古谷久里、井上彰、木村賢一郎、千々岩好子、俵亦一、渡邊唯雄、西本正信、井ノ口豊男、澤效一、横田利平、田中愛花。

「**短歌**」一巻六号、一九五四年、角川書店

・活佛《ゲゲン》……この時の活仏は「トプトン・ラプチエ活仏」と加藤楸邨は歌の詞書に記している。チベット仏教には複数の活仏が存在する。一九四二年と四三年幽計隊長は訪日見学団として十人の活仏を

日本の工場・大学・密教寺院へ案内した。ほかに青海省のトガン活仏は幽径隊長と特に関りが深かった。また四二年七月蒙古聯合自治政府主席・徳王とトガン活仏の協力を得て、幽計隊長が転生工作に関わったのは少年僧ノイン活仏である。[*4]

「短歌」二巻一号、一九五五年、角川書店

・〈陰山に返り見すれば〉（無端更渡桑乾水　卻望幷州是故郷）……賈島《かとう》の漢詩に倣う。桑乾は桑乾河を指し、名は桑葉の繁る頃に涸れ川になることに由来する（意：思いがけなく桑乾河を渡り北に行くことになり、振り返れば幷州がもう故郷のように感じられる。幷州《へいしゅう》とはかつての山西省と河北省・内モンゴル自治区の一部を示す）。

・土栗鼠《オトゴノ》……ゴビ砂漠に生息するマーモット或いはトビネズミの一種と考えられる。

「かそかなる國」（一九五五年一月―五六年七月）原稿用紙に清書された自筆遺稿。

・ローゼンバーグ……一九五〇年代米国でマッカーシズムの吹き荒れる中、ローゼンバーグ夫妻は原子力機密漏洩（ソ連のスパイ）の嫌疑をかけられ、五三年六月電気椅子に送られた。西側左翼知識人に衝撃を与えた事件といわれる。

・放射能の雨……一九五四年三月の米国によるビキニ環礁水爆実験を背景にしていると思われる。

「短歌研究」二〇巻三号、一九六三年、日本短歌社

〔ヴェロニカ〕は「信綱系歌人特集」に掲載。

・〈バイロンに似たるをとめと手づさはり〉……英詩人バイロン卿と数学者アンナベラ・ミルバンクの娘エイダ・ラヴレス（一八一五―五二）を指すのだろうか。両親の資質と容姿を受け継いだ彼女はチャールズ・バベジとコンピューター・プログラミングを共著で発表。信雄はバイロンの詩「老年と死」訳を「日本歌人」三巻三号（一九三六年、日本歌人社）に発表した。

・〈今の世に岸田国士は清すぎし〉……岸田国士は弟穣治の師でもあった。今日子とは岸田の次女で、女優の岸田今日子を示す。國士が正しい表記。

・〈胡麻なくて「旅愁」書き得ずと言ふ人に〉……

文藝春秋社で信雄は横光利一の担当編集者だった。

「宇宙風」創刊号、一九六一年、宇宙風短歌会

・〈火星の太陽湖畔の我が土地に〉……一九五六年から日本宇宙旅行協会（原田三夫会長）が火星土地分譲を開始した。江戸川乱歩はじめ五千人が分譲を申込み、信雄も予約の手紙を送った（「薔薇」―時・空を超えて―三三号、一九五七年、薔薇短歌社に拠る）。

「宇宙風」二号、一九六二年、宇宙風短歌会

・〈石川は死すとうわさあり脚ありや問ひ来しは元・ボルネオ軍報道部長〉……信雄が南京転属時の報道部長・馬淵逸雄《まぶちいつお》（一八九六―一九七三）を指すと思われる。バンドンで終戦を迎えた時、馬淵逸雄は独立混成第二七旅団長で陸軍少将だった。

・加藤克巳……一九一五―二〇一〇。歌人。三五年「短歌精神」創刊。現代歌人協会結成。シュールレアリスムの作風で知られる。歌集『螺旋階段』で注目され、『球体』で迢空賞。

・小笠原文夫……一九〇三―六二。昭和初期からの信雄の歌友。吉植庄亮主宰「橄欖」同人。富山房、青葉書房勤務。歌集に『二月盡』、共著に『交響』がある。

「宇宙風」四号、一九六二年、宇宙風短歌会

・斎藤さん……斎藤龍太郎（一八九六―一九七〇）は早大西洋哲学科。文藝春秋社初代編集局長、戦後公職追放。宇都宮に帰郷し、作新学院図書館長。妻船田小常は作新学院育ての親（下野新聞「とちぎ二十世紀」、二〇〇〇年一〇月二二日に拠る）。斎藤龍太郎は文春時代から信雄を気にかけ、入隊時には盛大な慰問会の世話をした。

「宇宙風」八号、一九六三年、宇宙風短歌会

・ロストフの支那論……経済学者W・W・ロストフ（ロストウ）『中共の将来』（一九五六年、一橋書房）と推測する。

・トムさん……信雄の弟、石川克己を指す。

・鬱金ざくら……別名・浅黄桜。淡黄色の花を咲かせる栽培種。

・〈Paranoic《パラノイック》 Nymphomaniac《ニンフォーマニアック》〉……偏執的色情狂の（女性）。

・諜者と諜畧者……密偵と諜略を行う者。
・〈Anglo《アングロ》-Saxon《サクソン》 Plutocracy《プリユートクラシイ》（中略）独逸の友の言葉〉……アングロサクソン（ゲルマン民族）の金権国家。独逸の友とは、南京の報道部で出会ったドイツ人記者たちだろう。四一年にエリッヒ・ウイルベルクは報道部に対外班をつくるよう働きかけ、信雄が臨時通訳をした。続いて海通社のランゲ、ヘルベルト・テイヒイ（テイシイ）博士（『アラスカ紀行』著）、先に挙げたアプスハアゲン博士らが赴任している（石川信雄—南京の友—「紙弾」、一九四三年、陸軍報道部発行に拠る）。
・〈来世ぞまことの世とふ credo《クレドー》 の〉……「credo」は信雄にとって基督教の信条を意味する。

「**宇宙風**」九号、一九六三年、宇宙風短歌会

・憶繁野天来教授……繁野天来（一八七四—一九三三）は早稲田高等学院のちに早稲田大学文学部教授。ミルトン『失楽園』を翻訳。

「**宇宙風**」一一号、一九六五年、宇宙風短歌会

・奥津城《おくつき》……墓。

・〈自転車を習ひたまふにしたがひぬ〉……信雄は菊池寛に請われ、一九四五年三月に自転車の乗り方を教えた経験がある。春の日ふたりはイヌノフグリの咲く土手で、菊池寛が諦めるまで練習を繰り返した（「犬ふぐり・自転車・菊池寛」、「風信」五二号、一九五九年、六友社に拠る）。イヌノフグリの学名は《Veronica polita》。
・菊池賞授賞式……第一二回（一九六三年度）菊池賞授賞式。一九六四年二月一七日に開催された。
・高見順……一九〇七—六五。小説家・詩人。近代文学館の設立に貢献した。
・三宅の大人……三宅周太郎（一八九二—一九六七）演劇評論家。文楽の興隆に尽力。
・〈かの甘きロマンティシズムぞなつかしき、みどりのはかま、すみれ咲くとき〉……宝塚歌劇団受賞。

白の円球

加藤克巳は、「白の円球」一篇をこう評している。「石川信夫の歌人としての実力が、この遺詠に遺憾なく発揮されたといって過言でないと思う。いまにして

いかにも新しく、知的で、感覚的で、いい歌である。夕かたまけて青を抒情す（中略）全体にきりりとしていながら抒情的であり、間もなく死ぬ人の歌とはどうしても思えない」（『太白光』復刻版、石川輝子編集発行、一九七九年、私家版序文に拠る）。

「宇宙風」 一二号、一九六五年、宇宙風短歌会

・〈池のほとり時間なだれてコスモスの白の群落描ける処女〉……この歌は信雄の掌編「秋の葡萄酒」（「自然」一二巻七号、一九三三年、自然詩社）を想起させる。湖をボオトでゆく僕は、コスモスの花に囲まれた浮島でカンヴァスに画を描く少女を垣間見る。それだけの話であった。だが、その青い衣服《きもの》を着た娘は「僕は自らその為でなければ生きまいと決心した娘であった」（一部要約）。

「主治医」 一九六四年八月、高嶋雄三郎発行

　高嶋雄三郎は弟穣治の友人で共に演劇活動をしたが、穣治亡き後は信雄と長く交友が続いた。高嶋米峰の三男で法政大学出身。学風書院創設。健康雑誌「主治医」編集長、著書に『崔承喜』。

・〈〃芡《けつ》〃の意〉……土屋文明が蓮の一種類、〃芡〃の字の解釈に悩んだことは次の歌に見られる。〈芡の鬼蓮なるを確かめむ舟人をして舟めぐらしむ〉（「短歌研究」、一巻二号、一九四四年、日本短歌社に拠る）。

「短歌新聞」 一一七号、一九六三年六月一〇日、短歌新聞社

・オキクルミ……アイヌ神話の英雄アイヌラックルの別名。

・双岳台《そうがくだい》……雄阿寒岳と雌阿寒岳を同時に見られる展望台。

・サルオガセ……樹皮に付着し懸垂する糸状地衣類。

註

＊1　信雄は「この伯父は蒙昧たる石川一門にとってのメディシンマン的の存在であった。ぼくが変てこな詩人みたいなものになってしまったの（は）、（中略）老人の超厳格教育に対する反動であった」と記している（『二人の友』、「風信」四十五号、一九五八年、六友社に拠る）。

＊2　『原罪歌の人』、「文芸埼玉」十三号、一九七五年、埼玉教育委員会。

＊3　集中営については山中徳雄編『「集報」南京日本人収容所新聞（ガリ版）』一九九〇年、不二出版が史実を伝える。

＊4　参考文献：幽経虎嵓『おかげさま私の人生―七十年』一九八五年、私家版。雁部貞夫「生きていた幽計虎嵓」、「新アララギ」、第二三巻一号、二〇二〇。

石川信雄年譜

一九〇八年（明治四一）
六月一六日　石川保次郎・りよ夫婦の第一子（六男二女）として埼玉県豊岡町に生まれる。

一九一四年（大正三）　六歳
四月　豊岡尋常小学校に入学。健康で成績もよく、親の期待を一身に受け育つ。

一九一五年（大正四）　七歳
九月　石川組製糸所設立に伴い福島県相馬郡原町へ移転。原町尋常小学校に転校。

一九二二年（大正一一）　一四歳
四月　埼玉県立川越中学校入学。同窓の松本良三、比留間喬介に加え他校の高須茂ら文学少年がＬＡ会（リトル・アマチュア）を結成し、文芸機関誌「斜塔」を刊行する。*1

一九二三年（大正一二）　一五歳
九月一日　関東大震災が起こる。横浜の製糸倉庫が被災、輸出用生糸が灰燼に帰し、石川組製糸の経営が傾く契機となる。

一九二五年（大正一四）　一七歳
七月　山岳部の富士登山に参加。金剛杖に「新月や大荒れの後の山黒き」と書込む（石川信雄、不二登山記、「学友会会報」二二号、『川越高校・旧制中学山岳部九〇年史』に拠る）。

一九二六年（大正一五・昭和一年）　一八歳
四月　第二早稲田高等学院文科入学。上京した「斜塔」会員の本田一楊、左部《さとり》千馬《せんば》、宮嶋義勇、高須茂、信雄らは「星座」を発行。

早稲田英語会に入会し、毎年開かれる英語劇に熱中する。同窓の植草甚一《うえくさじんいち》が装置家、狩野近雄《かのうちかお》が演出家、信雄は俳優だった。[*2]
早高山岳会に入会、早稲田大学山岳部と共にアルプス登山を始める。

一九二七年（昭和二）　一九歳
一二月三〇日、早稲田大学山岳部針ノ木岳遭難事故が起こる。スキー合宿中の部員一一名が雪崩に巻き込まれ、四名が死亡する。信雄はこの冬山事故について四首の歌を残している（「香蘭」六巻三号）。

一九二九年（昭和四）　二一歳
四月　早稲田大学政治経済学部経済学科に入学。
「稲門歌人」（谷馨、松下英麿、神山裕一、信雄ら）に参加。[*3] 同誌が休刊した後、北原白秋門下の村野次郎主宰「香蘭」に入会、筏井嘉一と出会う。大学では経済学科の授業に出席せず外国文学の講義を受け、余暇は映画館で過ごす。

一九三〇年（昭和五）　二二歳
四月　「エスプリ」創刊（二号まで発行）。信雄は筏井嘉一、蒲地侃《かまちただし》と共に「香蘭」を離れ、エスプリ社を結成。同行者に鈴木杏村、高須茂、立澤新六、松本良三らがいた。[*4]
信雄は短歌二四首のほかF・カルコの翻訳を発表し、「秘訣」では図形を用いた詩歌論を展開。二号に前川佐美雄が参加。筏井嘉一は「エスプリ」以後、文筆活動を一時中止する。
五月　「藝術派歌人祭」（エスプリ社、竹柏会、御形、草の実、香蘭、橄欖、青垣、歌と評論、白珠、蒼穹等九社が協力）が傳通會舘にて開催される。
七月　「新藝術派歌人倶楽部」が結成。メンバーは、「エスプリ」同人及び木俣修・兒山敬一、水谷静子、津軽照子らだった。

一九三一年（昭和六）　二三歳
一月　第一次「短歌作品」創刊。前川佐美雄らと短歌作品社を結成。

エスプリ同人のほか齋藤史、小玉朝子、田島とう子、木俣修、早崎夏衛、岡松雄、椿宏、小笠原文夫、神山裕一が参加した。信雄は『シネマ』に収録された歌のほか映画評、歌論、コクトオの翻訳詩を発表。「短歌作品」以降は、「自分の先端まで行ってしまった」と感じたことから、戦地に赴くまで作歌を中断する。

六月　短歌作品社主宰、竹柏会・ポリドオル後援「夏のヴアラエテイ」が朝日講堂で開催。講演会（土岐善麿・三宅やす子・中村正常・尾山篤二郎）と劇（テアトル・コメディ座、演目は長岡輝子訳「月世界から来たジヤン」・弟穣治も出演）及び映画「喝采」上映を行う。*5

早稲田大学を中退し家業に従事する。

一九三三年（昭和八）　二五歳

六月「カメレオン」（「短歌作品」改題）創刊（田島寅編集兼発行、後記は田島とう子）。

信雄はF・カルコ、コクトオの翻訳詩、歌人論「石川啄木の真骨髄」のほか、四号に小玉朝子『黄薔薇』評を載せる。

一〇月　友人の松本良三が病気で急逝したが、五号（松本良三追悼号）の存在は未確認。

一九三四年（昭和九）　二六歳

一月「日本歌人」創刊（前川佐美雄編集兼発行。一、二号の発行人は早崎義一）。

創刊号に信雄は「松本良三論」・「詩人のレアリスト」を発表、二号で早野臺氣《だいき》（二郎）の斬新な歌を解説する。「日本歌人」には応召まで四〇を超える詩歌論・歌壇時評、コクトオ・バイロン・ボオドレエル・ランボオ・モレアスの翻訳詩を載せる。

一九三五年（昭和一〇）　二七歳

松本良三遺歌集『飛行毛氈』（石川信雄編集兼発行）を栗田書店から発行（序文：尾山篤二郎・前川佐美雄、跋文：高須茂、解題：石川信雄）。

一九三六年（昭和一一）　二八歳

二月　二・二六事件が起こる。

五月　父保次郎死去。享年五六。

一二月　第一歌集『シネマ』茜書房を上梓（序文：前川佐美雄・平田松堂・中河与一）。

出版記念会には窪田空穂、萩原朔太郎、尾山篤二郎、保田與重郎、斎藤勇、土岐善麿、中河与一、平田松堂、村野次郎、筏井嘉一、前川佐美雄、齋藤史らが集った。

同月　文藝春秋社に入社。「文藝春秋」編集部で芥川・直木賞委員会の係をする。

一九三七年（昭和一二）　二九歳

文藝春秋社では菊池寛に目をかけられ、信雄も慈父のように慕った。文春社野球戦では常に菊池寛の隣に信雄の姿があった。学生時代に高須茂と訪ねた佐藤春夫にも重用され、岸田國士、川端康成、横光利一、廣津和郎、大佛次郎の担当者として力を尽くした。

一九三九年（昭和一四）　三一歳

八月　歩兵第一連隊に応召。習志野で軍事訓練後、五一連隊第五中隊に配属される。

一二月　江蘇州金壇県に派遣される。この中隊の装備は、「野砲一、臼砲一、重機一、軍犬一、そして歩兵が二七名だった」。*6

一九四〇年（昭和一五）　三二歳

軍隊での過酷な生活から自ずと言葉が生れ、作歌を再開する。

「戦場の歌」が「現地報告」一八巻三号に、「陣中歌」が「日本歌人」一巻七号に載る。

四月　弟の石河穣治が『烽窩房』で三田文學賞を受賞する。

八月　支那派遣軍総司令部報道部に転属。

転属の背景には、支那派遣軍の宣伝戦に応召兵の中から技術者や記者を引抜き対応させるという、日本軍の差し迫った状況が存在した。信雄の仕事は報道部での通訳、日本からのペン部隊・従軍画家・記者への対応、前線の宣撫演劇隊の取材と多岐に渡った。また報道部と汪精衛政府との連絡役をするうち汪主席から親しく声をかけられ、林柏生宣伝部長とも懇意になる。

一九四一年（昭和一六）　三三歳

二月　穣治、結核で死去。享年二十九。中支前線で訃報を聞いた信雄は、夜哨時に追悼歌を詠む。

両《もろ》の肺ほとほとなしに長篇をつひに書きあげて死にてゆきしか（石河輝子、『水琴窟』、二〇〇二年に拠る）。小説家で役者もこなし、タップ・ダンスを踊るモダン・ボーイの穣治と寡黙でシャイな信雄は対照的な兄弟だったが、文学へのひたむきな献身は双子のように相似していた。

一九四二年（昭和一七）　三四歳

一月　塩尻少佐引率の外人記者一行と白螺磯からAT機で長沙城を巡視する。

三月　草野心平に金陵女子大学の庭園に誘われ、一連の歌が生れる。

戦況悪化に応じて再び前線（浙贛《せっかん》作戦）に送られる。[*7]洪水により寸断された村で布陣し、廃屋で倒れていた男装の少女を保護する。

七月　総司令部命令により報道部に帰還する。

一一月　中日文化研究雑誌「黄鳥」（南京・木村印刷）創刊。発行人は草野心平、信雄は四号まで編集に携わる。執筆者は中国作家、博物館専門委員、天文台復興員、銀行員、基督教同盟会員、日本語教員、新聞記者、放送関係者ら多分野にわたる。加えて、応召した詩人や文学者に発表の場を提供することも「黄鳥」の目的の一つだった。

一九四三年（昭和一八）　三五歳

春　弟の公平が南京の一五師団に軍馬を届け、再会する。

六月　支那派遣軍報道部発行「紙弾」の企画・編集に関わる。

一一月　浙江日報に、掌編「水仙・笹船・みやげ」（「黄鳥」四号）が転載される。この三篇には現地の人との交流が描かれ、「笹船」は浙贛作戦で保護した少女の物語である。

一九四四年（昭和一九）　**三六歳**

一月　召集解除され、南京で除隊する。上海の名取洋之助別邸に小林秀雄、草野心平と逗留する。
二月　帰国。静養後、文藝春秋社に復帰。
七月　土屋文明、加藤楸邨の大陸行（北中支）に同行。旅程は次の様に記録している。「鮮、清、華北、蒙古への旅。釜山・京城・新京・北京・長城・張家口・大同・綏遠・百霊廟・トクミン－スーム・包頭・大同・太原・石家荘・開封・徐州・南京・蘇州・上海・南京・北京・新京・ハルピン・吉林・京城・釜山」（「宇宙風」八号に拠る）。
九月　上海に着いた信雄はマラリア熱で倒れ、加藤楸邨も体調を崩す。伏臥して話をするうち二人は同じ原町小学校出身で、父親同士が友人であったことを知る。
これ以降、三人別々の帰路を歩む。
一〇月　第三回大東亜文学者会議（南京）に参加。
一一月　帰国。

一九四五年（昭和二〇）　**三七歳**

三月　「文藝春秋」に「華北従軍抄」一四首を発表。四月号を校了後、退社。
通信分隊長として再応召。千葉の釘付部隊に入隊。
八月　ホノルル英語放送（日本への爆撃は原子爆弾《アトミツクブウム》だった）を傍受。一五日玉音放送。
九月　復員。故郷豊岡に戻り、中国歌をまとめる。弟三人が次々と復員する。

一九四六年（昭和二一）　**三八歳**

一〇月　「オレンヂ」創刊に参加。各号に短歌一〇首を発表する。「武蔵野通信」で米作家のフォークナー・プロムフィールドの文芸批評、「歌人の手帖」

で歌集批評を連載する。

一九四七年（昭和二二）　三九歳

「武蔵文化」（「飯能文化」改題）に参加。短歌と評論「ヘミンウェイと仏文学」「スタインベックの二面」を発表し、短歌選も担当。蔵原伸二郎の詩、水原秋櫻子の俳句、齋藤史の短歌、打木村治・張赫宙の対談が掲載された。

六月　米軍ジョンソン基地教育本部で図書館勤務及び日本語教師を勤める。

一九四八年（昭和二三）　四〇歳

「くれなゐ」（くれなゐ発行所、埜中清一編）には戦時の短歌と「青春手記」を連載し、四〇号には自我像の素描を寄稿した。*8

一九五〇年（昭和二五）　四二歳

一月　第二次「短歌作品」（東京日本歌人・石川信雄編集兼発行）創刊。

「近代妖艶調」含む五九首、「短歌浪漫の説」「超浪漫宣言」「写生派の猿を評す」を発表。

同月　「日本歌人」（「オレンヂ」改題）復刊（前川佐美雄兼編集発行）に参加。

六三年までに中国・戦後歌二〇〇首余り、二五の歌論とギブラン「予言者」訳を発表。

四月　ジョンソン基地退職。

夏　白木正一夫妻と北海道へ旅行。旅先は旭川（酒井廣治訪問）、美幌、相生、阿寒湖、弟子屈、摩周、釧路、札幌（山下秀之助訪問）、厚岸。厚岸で安楽寺の横湯通之（元南京仏学院院長）、帰路花巻で関登久也を訪ねる。*9 旭川に着く前に長万部・札幌で下車し、札幌にて白木夫妻と別れる。

一九五二年（昭和二七）　四四歳

二月　「短歌星座」創刊（東京日本歌人発行。顧問は前川佐美雄・石川信雄）。一三号までの発行を確認。信雄は、一首一行評、歌集『エスプリの花』『うたのゆくえ』『花泉』の書評、短歌二九首を発表。

八月　『懸谷』（日本歌人十五人集、日本歌人社）に「紅葉信」七五首発表。
一一月　『石川信雄著作集』全三巻刊行を企画するが未刊に終わる。

一九五三年（昭和二八）　四五歳

これ以降、外国小説・論文翻訳の仕事に従事する。対象作家はイロナ・カーメル、J・スタインベック、ジェームス・ファーレル、ヨセフ・カリニコフ。SF作家のアーサー・C・クラーク、ロバート・A・ハインライン。ミステリー作家のエラリー・クイーン。

一九五四年（昭和二九）　四六歳

六月　角川「短歌」に「ゴビの祭典」一五首、「尤妖艶之体呼—齋藤史—」論を発表。同誌にはつづいて「無限への方向」三〇首、「短歌史における水穂の位置」を寄稿する。
「風信」（萱原宏一編、六友社、タブロイド判）に随筆（主に戦争体験）の連載を開始する。
一二月　第二歌集『太白光』長谷川書房発行（題字：草野心平、装幀：白木正一、挿画：原精一、全五二九首）。

一九五九年（昭和三四）　五一歳

一月　「日本歌人」東京日本歌人発行、信雄は編集・主幹を務める。
筏井嘉一主宰「創生」に随筆の投稿を始める。

一九六〇年（昭和三五）　五二歳

一一月　草野心平が歴程同人を連れて飯能を訪ね、蔵原伸二郎・信雄と交流する。

一九六一年（昭和三六）　五三歳

五月　宇宙風短歌会を創設し、「宇宙風」創刊（九号まで編集に関わる）。
三三号までに短歌一七五首、筏井嘉一選一〇〇首。「短歌問答」「短歌随想」「巨蟹洞雑信」と歌論、エッセイを連載。サンドバーグ、フロスト、クレーン、ディキンソン、パウンド、スタインの訳詩、ブランデン「ジョン・キイツ」訳を発表。

一九六三年（昭和三七）　五五歳

六月　短歌新聞に「北海・原始」四〇首を発表（一九五〇年の北海道旅行が題材）。

七月　心臓と肝臓を病み、入院。

一九六四年（昭和三九）　五六歳

二月　退院して、練馬区石神井に転居。文藝春秋社復職（非常勤）。

七月九日　豊岡病院待合室にて脳溢血のため急逝。享年五六。

入間市蓮華院墓地に眠る。

註

＊1　「斜塔」「星座」「稲門歌人」誌は未確認。雑誌の会員名は、〔斜塔時代のこと〕、高須茂、「宇宙風」一一号、一九六五年、宇宙風短歌会に拠る。

＊2　植草甚一（一九〇八—七九）は三五年東宝に入社。四八年労働争議で退職。戦後は映画・ジャズ評論家として活躍。植草甚一は気前の良い本蒐集家（ビブリオマニア）で信雄に度々文学書を贈る。

狩野近雄（一九〇九—七七）は毎日新聞記者。戦後東京編集局長。著書に「好食一代」。

＊3　卒業後、谷馨は平凡社、松下英磨は中央公論、神山裕一は実業之日本社、信雄は文藝春秋社に入社し、それぞれが出版界へ進む。

＊4　のちに高須茂は登山家となり、「山小屋」「岳人」の編集に関わる。立澤新六（別名・宮川雅青）は前進座を結成。鈴木杏村は『小泉千樫聞書』を編纂。蒲地侃は新聞記者となり、戦後は筏井嘉一主宰「創生」に参加する。

＊5　〔短歌浪曼の説〕、「短歌作品」、一巻二号、一九五〇年、短歌作品社に拠る。

＊6　〔短歌随想〕、「宇宙風」、八号、一九六三年、宇宙風短歌会に拠る。

＊7　浙贛《せっかん》作戦。浙江省と江西省にまたがって展開された日本軍の作戦。

＊8　この自画像（素描）は『石川信雄著作集』（二〇一七、青磁社）の表紙デザイン（石川はるな装幀）に使用した。

＊9　〔阿寒行〕、「原始林」、五巻一一号、一九五〇、原始林社に拠る。

家族写真（両親と兄妹８人）、福島県原町

豊岡尋常小学校入学

早稲田大学政経学部入学

早高山岳部、上高地、1927 年

梟の図

早稲田大学短歌会、大隈会館、1928 年
（顔にいたずら書きのある学生が信雄）

日本歌人前川佐美雄歓迎会、1935 年８月
（前列右から植草甚一、信雄、前川佐美雄、木下立安、田島とう子、齋藤史、後列右から三人目が石河穣治、その左が石川克己）

文藝春秋社旅行、嵐山、1939 年４月
（右から信雄、四人目は生江健次）

文藝春秋社デスクに座る信雄、
1939 年

菊池寛と石川信雄、1939 年 8 月
（入隊の朝、文春社長室にて）

支那派遣軍総司令部報道部資料室、
1940 年 10 月

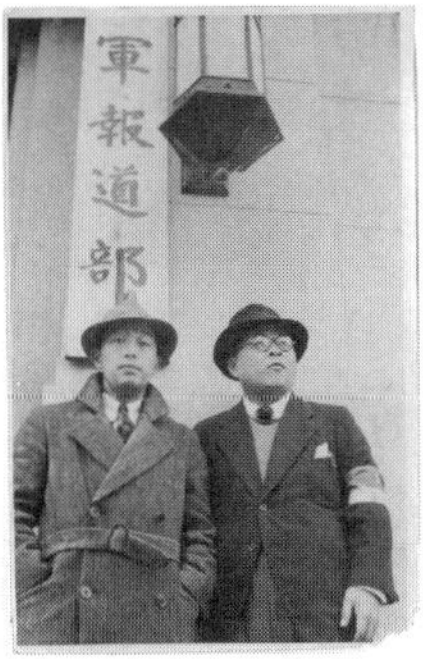

総司令部報道部前、
1941 年 12 月（信雄と特派員）

「詩人の肖像」、草野心平と
白木正一宅で、1950 年

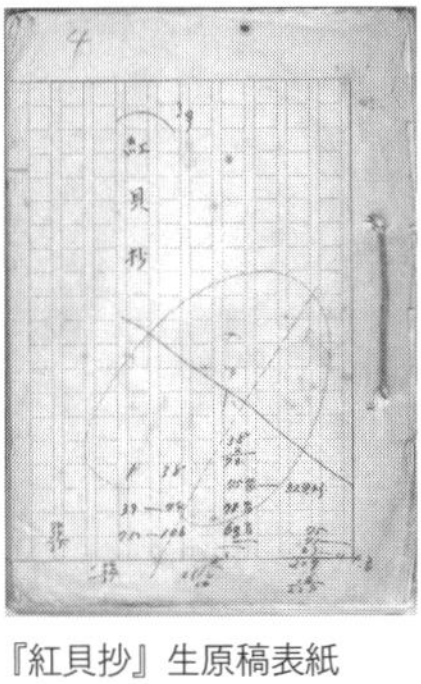

『紅貝抄』生原稿表紙

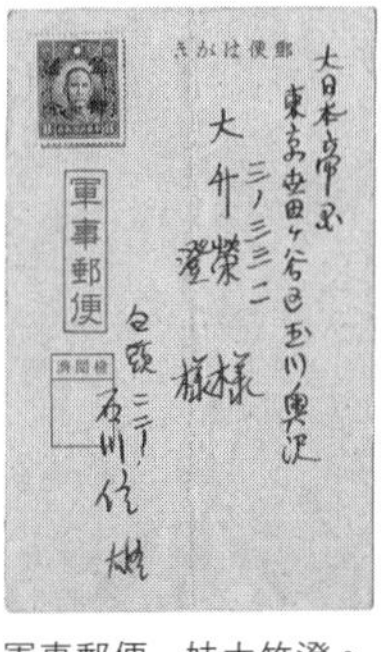

軍事郵便、妹大竹澄へ
包頭にて、1944 年 8 月

解説

母方の伯父・石川信雄は、柔らかい笑みで周りを包んでいた記憶がある。同時に、近づくと遠ざかってしまう蜃気楼のような存在であった。伯父が亡くなった後、散逸した資料を探して足跡を辿った。エッセイは伯父の声を聞くように、短歌は映像が目に浮ぶように感じた。外国の小説は石川信雄の翻訳で蘇り、独自な色調を帯びていた。スタインベックの「あさめし」*1、ハインラインの「地球の緑の丘」*2はなかでも印象的だった。ここでは本書を編集する過程で気づいたこと、鍵となる人物、さらに友人のことばを引いて、石川信雄の実像に迫る手掛かりを示したい。

今ここにわれのいのちの二つなし思いは薔薇のくれないを焔《ひ》に　『紅貝抄』

異稿《ヴァリアント》を含む二千首を超える歌の入力作業を通じて、どこで句切れにするか、どの表記を選ぶか、韻律は効果的かといった試行の軌跡が少しずつ伝わって来る気がした。書き写すことは、黙読だけでは得られない認識をもたらした。その過程を経て、昭和初期のモダン・ボーイの憧れと憂鬱、社会人となった文藝春秋社での菊池寛、横光利一、石川達三ら文学者との交流を知った。さらに大陸での歩兵二等兵の熾烈な生活を感じ取り、支那派遣軍報道部での詩人草野心平との出逢いや汪精衛政府の要人・中国の文人・従軍画家・市井の人々との交流を透かし見ることができた。

北原白秋

歌集『桐の花』を愛唱していた信雄は、北原白秋から大きな感化を受けた。学生時代に白秋門下の村野次郎主宰「香蘭」に入会したが、実際の白秋との出逢いは前川佐美雄と木俣修の三人で道玄坂のバアに立ち寄った夕べに訪れた。その夜の出来事は「白秋先生の死」（「黄鳥」、二号、一九四八年）に詳しく書かれている。

「反アララギズムに於て意気頗《すこぶ》る投合した大人（白秋）と僕等は、次第にメエトルが上り、誰かが歌ひ出した［からたちの花］は大合唱となり、大人はハンガリヤの農民踊りのやうなでたらめの踊りを踊り出し、つづいて飛び出す僕等の仲間を、かはるがはる抱いては、踊りつづけられた」。

この舞踏会のあと信雄は前川佐美雄と白秋邸を訪ね、文藝春秋社に就職してからは編集者として師の元へ通った。一九四二年一一月、白秋の訃報が大陸の報道部に居た信雄に届いた。偶然ラヂオから流れる「白秋歌曲集」を聞き、信雄は白秋歌謡の美しさに酔ったという。

『紅貝抄』の相聞の歌を写したとき、思いがけず白秋の後朝《きぬぎぬ》の歌と重なった。

えりあしの青澄む寒さ雪の道添いきて別れのことばがいたし　石川信雄

君かへす朝の敷道さくさくと雪よ林檎の香のごとく降れ　北原白秋

白秋と人妻俊子の恋を、信雄は掌編「秋の霧」（「オール読物」、二号、一九四六年）に描いている。

少女

歌の中に思い人として登場する女性の一人は、早稲田大学英語劇の相手役として松竹少女歌劇団から招いた十三歳の少女、水の江瀧子であろう。石川照子は兄信雄の半生を描いた「レクイエム」（『水琴窟』、私家版、二〇〇二年）の中で信雄のことばを記している。

「ぼくと目があったときから、彼女は活気づき美しくなり、そしてだんだんスターになって行った。月に一度は見に行かねばならなかった。彼女はえらくなってゆき、ぼくは貧乏になっていった。少女歌劇のスター、しかも男役、結婚できない人、との恋」。

彼女が信雄にインスピレーションを与えた女性《ミューズ》の

一人であることは間違いないだろう。ただ花束を相手に渡せずに河に投げ込むような青年が、恋愛に積極的だったとは思えない。私は二人の交流の証を探してみたが、資料として裏付けられるものは見つからなかった。恋歌においては作者が詩的に昇華した作品そのものを受取り、思いを馳せることが私たちにできる全てではないだろうか。

菊池寛

信雄は一家の長男として製糸業を継ぐことを期待された。しかし早稲田大学を中退した頃から父とは精神的に断絶した関係だった。その父が五六歳で急逝し、戸主となった信雄は社会へ出ていくことを余儀なくされた。「日本歌人」同人の平田松堂伯爵に紹介され、試験を受けた文藝春秋社で信雄は菊池寛と出会う。菊池寛は父親のような包容力を持ち、また文筆家の社会保障制度の整備に力を入れていた。彼は文士の生活面だけでなく、精神面にも気を配る細やかさを兼ね備えていた。父を亡くした信雄の喪失感は、菊池寛を慕うことによって次第に埋められていく。大陸で報道部へ転属させるという菊池寛の配慮がなければ、信雄は歩兵二等兵のまま戦死していただろう。

かかる我をやとひたまひける君ゆきて今後一千年やとはれざらむ　『太白光』

戦争責任を問われ公職追放された菊池寛だが、生来の柔軟でリベラルな思考や大衆に支持された彼の文学は顧みられる余地があると思う。

草野心平

草野心平とは、一九四〇年汪兆銘政府の南京で出会った。二人は何故か気が合ったらしく、文化研究雑誌「黄鳥」の発行や日本語ラヂオ放送劇を共に制作した。しかし戦況が悪化するなか、四四年十一月に汪精衛は名古屋帝国大学附属病院で客死する。過去に狙撃された際の、体内に残っていた銃弾が遠因とされる。敗戦の翌年に汪政府中枢の人々は漢奸裁判により死刑判決を受け、草野心平は盟友林柏生を失った。心平にとって日中戦争そのものと喩える「胸んなかの鉛ぐりぐりは納まらず」*3という思いを信雄も共有していたのだろう。

日本を信じけむひとを思ほえば額《ぬか》うち破りわぶるも足るまじ　　『太白光』

戦後しばらくして信雄は草野心平の開いた居酒屋「火の車」を訪れ、心平は信雄の編集する雑誌に詩を寄稿し、交友をつづけた。

後年、草野心平は石川輝子（照子）宛ての手紙（一九七八年一〇月二四日付）にこう記している。*4

「初めてあなたを見て亡き信夫君そっくりなのに内心驚きました。あなたへ私信を書こふと思ひついたのも、そんなことからです。（中略）

戈壁《コビ》（ママ）となる砂礫草原《されきそうげん》に獐《のろ》の子の肋骨《あばら》はしろし野《の》薊《あざみ》の花　　『太白光』

そのコビで私は石を拾ったし、歌集で歌はれてゐます居庸関、陰山山脈、大黄河、石家荘、北京、徐州、九江、杭州、上海、太原などなど、的確に指示されてゐる数々の歌によって、私の記憶もパノラマのやうに展開し、めまぐるしく廻転します。それらはまた悲しく苦しく美しく楽しく、また断腸の追憶にもつながりますが、早く死んでしまった石川信夫や名取洋之助にとっては暗い断絶のみがあるだけです。ただ書き残しておいてくれた、これらのすぐれた文学によって、私にとっては第二の故郷である中国の風物がヴィヴィッドに私の内部に甦らしてくれるのです」。

そして草野心平は、来日中の嶺南大学同窓の廖承志*5へ宛てた電報を引きながら、

「コウナッタコトとは日中友好条約の批准のことです。石川君も、もしもこのことを知ることが、仮りに出来るとしたら感無量だと思ひます」。

白木蓮かがやき立てり中國のこれぞ玉蘭と心平が言《こと》　　『太白光』

黄包車の上から俥夫に家族を聞く彼も人なりとたしかめたさに　　『太白光』

土屋文明と加藤楸邨

一九四四早春に除隊・帰国した信雄はその年の夏、土屋文明・加藤楸邨の案内役として再び中国へ渡る。戦火のもと俳人・歌人三人の大陸行は類い稀であり、それぞれの視点で風物を捉えた。

大同

〈遠雷や眼涼しき石佛〉　加藤楸邨『砂漠の鶴』

〈大いなる佛《ほとけ》をめぐる小《ち》さき佛最も小《ち》さきは手に觸れて撫づ〉　土屋文明『韮菁集』

〈大同の石は刻むとおのづからきざめる面《おも》もありつらむかも〉　石川信雄『太白光』

今回はさらに『加藤楸邨全歌集』（中村稔解説、二〇二〇年、青土社）を加えて比較した。すると楸邨・信雄の短歌によって戈壁《ゴビ》砂漠行の風景が鮮明に浮かび上ってきた。

しかすがにシラムレンゴルの川岸は包《パオ》七つ見えて雲ひとつなき　石川信雄*6

北緯四十三度シェラムレンゴールにて見し鷹はいま考へてみれば鷲かもしれず　加藤楸邨

デレス地帯自動車を押すと踏みしだく蒙古ヨモギの薄荷の香り　石川信雄*6

綏遠の緑なす樹に恐怖が湧く長草帯《デレス》・塊草帯《ボタ》・砂礫帯《ゴビ》を過ぎて一木もなし　加藤楸邨

我がつれの加藤楸邨東京の妻を戀ほしむ厚和の月に　石川信雄*7

綏遠城に月さししかばわがうへもききたからむと思ひてねむる　加藤楸邨

二人の歌が対になり補足し合うことによって、現地の空気感に触れやすくなった。加藤楸邨とは戦後も交流がつづき、楸邨は『飛花落葉』〔ゴビ追憶〕*8に信雄の想い出を書き残している。

一方、日本でアララギ派批判を繰り返していた信雄を、土屋文明はどう思っていたのだろう。大陸での旅を続けるうちに文明はだんだん信雄に気を許していたらしい。戦時下であったが、中国の方が日本より食糧事情は豊かな地域があった。健啖家と伝わる土屋文明は、蘇州の玄妙観で玫瑰《かいまい》饅頭に舌鼓を打った翌日、信雄を誘った。

「もう一度あれを食べに行きませんか?」[*9]。

遂の少年

歌友中川忠夫が信雄について論じた「遂の少年石川信夫」[*10]を要約・抜粋する。

「銀座モナミで中川と信夫が岡本かの子と出会った折、彼女は派手な着物を少女のように二人に披露して見せた。外へ出ると信夫は、「女史は幾つになっても少女なんだ」と声を立てずに笑った。そういう石川信夫も死ぬまで遂に少年だった（中略）彼の短歌に一貫してあるもの、それは思春期の少年の詩情であった…だれよりも高く登らずにいられない少年は、だれよりも高い所から飛び降りないではいられない（中略）石川信夫の短歌がそれであった。いや、彼の生き様がそれであった（中略）彼のポエジイが、短歌定型の拘束にどこまで堪え得るか。彼はそれを試みた。試みずにはいられなかったのだ。定型短歌と非定型のポエジイのアンチテーゼが石川信夫の短歌である」。

また中川は、『シネマ』がなぜ歌壇から忘れられていったか、このように書いている。

「昭和の新しい短歌史は「植物祭」（前川佐美雄）と「シネマ」（石川信夫）から動きはじめたものである。その「シネマ」を知る歌よみがほとんどいないというのは、「シネマ」をかみくだくには当時の歌壇の歯は弱すぎたのである。「日本歌人」のたくさんの若い歌よみたちは、各人各様のやり方で「シネマ」（或いは「植物祭」）のなかから好みの部分をとり出してかんでみせた。こうして、はじめて「シネマ」は歌壇一般の歌よみにもどうにか歯が立つようになったのである。それまでにはおよそ二〇年の歳月が必要だった。そのころには、当然のことながら「シネマ」の原型はすでにどこにもなかった」[*11]。

寡作について

読者の中には、石川信雄の歌風の変化に戸惑いを感じた人が少なくないだろう。それは概ね四十年に亘る歌業に対し、あまりに歌が少ないことが一因である。中川忠夫は「歌集という道標も立てずにどんどん前進するので、はた目には突然変異にみえるのである」と推察している。[*11]

なぜ歌が少ないのか、寡作の理由と作歌の姿勢を自ら諧謔的に述べているエッセイを紹介する。

「私は短歌を非常に好きな方である。同時に実に作らない方である、と思つている。あまり作らないのは、歌というものをあまりに大切に考えすぎているせいだ、と自己弁解している。(中略)ともかく歌を作るということは、私にとつては大変なことになるのである。色々と準備し、物凄い決心をしてはじめは遠巻きに、そしてジリジリと歩み寄り、やがて熱狂して抱きしめること豊麗にして冷酷なる恋人に対する如くである…だから、じつにおつくうで、そして怖くてたまらないのだ。(中略)作つているときには、全身全霊、これ歌(ポエジー)となつていなければ承知できない。今時、こんな調子で歌を作っている頓間はいないだろうし、その意味では全く時代おくれの存在らしいが、自分ではそれ以外はなく、それがいい悪いは別として、その方法が自分には一番向いているのだと思つているのだから、どうしようもない。(中略)まあ、この意味では、もつとも短歌を作ることをたのしんでいるのは、私であろうと思う」。[*12]

『紅貝抄』の発見

本書を刊行した契機は『紅貝抄』の発見にあった。退色した原稿用紙を発見した時の驚きは忘れられない。今まで見られなかった情感を湛える二百一首の歌を読み通し、つぎのように思った。

資本主義に支配されてゆく戦後の世相と噛み合わず、伯父は徐々に社会から乖離し隔絶していった。浮びあがったのは孤高ゆえの困窮と、戦争で消耗した心身から湧きおこる死の希求。そして予期せぬ人妻との魂の抱擁にも似た恋愛。『紅貝抄』を書写すると、モノクロームの世界の中で薄氷の上を歩きつづけるひとの、凍てつくような哀しみに触れる思いがした。ところどころ鮮やかな花が見え隠れするが、もうこの世のものではない気がした。

『太白光』（応召と復員）を挟んで、『シネマ』（若さと希望）を反転させたような『紅貝抄』（悲嘆と絶望）の短歌。しかし全ての歌をつらぬく石川信雄の本質は変わらない。繊細さ、優しさ、シャイ、そして一面では傲慢なナルシストの感性は少年期から晩年までずっと繋がっている。

いずれ『紅貝抄』のモデルが誰かということが問われるだろう。だが歌に表象された女性が誰かということより、このような瑞々しい抒情詩を石川信雄が書き残し、晩年の心象が明らかになったことが何より大きな意味を持つのだと思う。『紅貝抄』に初めて光があたることによって、石川信雄の世界が完結し、作者が最後に見た景色を私たちも眺めることができるかもしれない。

註

＊1　ジョン・スタインベック（石川信夫訳）〔あさめし〕、『長い谷間』、一九五四年、河出書房。
＊2　ロバート・ハインライン（石川信夫訳）、『地球の緑の丘』、一九五七年、元々社。
＊3　草野心平、『茫々半世紀』、一九八三年、新潮社。
＊4　『太白光』復刻版（一九七九年）、草野心平書簡「太白光をめぐっての思ひ出」より抜粋。
＊5　廖承志（一九〇八―八三）……孫文の片腕であった父廖仲愷と母何香凝の間に出生。日本で少年時代を送り、嶺南大学及び早稲田大学第一高等学院で学ぶ。二八年中国共産党に入党。戦後周恩来の通訳を行い、日中国交正常化に献身した。
＊6　石川信雄〔大荒集〕、「風物」（村上新太郎主宰）、二号、一九四七年、風物社。
＊7　石川信雄〔綏遠の月〕、「くれなゐ」（埜中清一発行）、三九号、一九四八年、くれなゐ発行所。
＊8　加藤楸邨〔ゴビ追憶〕、『飛花落葉』、一九八四年、永田書房。
＊9　石川信夫〔薔薇譚〕、「薔薇」（村上新太郎主宰）、五一号、一九六一年、薔薇短歌会。
＊10　中川忠夫〔魚眠洞歌話〕、「宇宙風」、六四号、一九七四年、宇宙風短歌会。
＊11　中川忠夫〔最後の歌よみは死んだ〕、「宇宙風」、一一号、一九六五年、宇宙風短歌会。
＊12　石川信夫〔近代雑話2短歌と自分〕、「近代」（加藤克巳発行）、一巻三号、一九五三年。

あとがき

短歌史の中で石川信雄は砂に埋もれていたコーナーストーンのような存在かもしれない。この礎石を発掘することにより、同時代の地層から煌めく鉱石（早野臺気、小玉朝子、松本良三、船津碇次郎ら）が次々と姿を現すだろう。それらの群像に光が注がれるなら、現代短歌に至る道程の失われた断片《セグメント》が見つかるにちがいない。

踏みにじられ泥まみれなるは無辜《むこ》の民日本の空はむなしく高し　『紅貝抄』

ロシアによるウクライナ侵攻が起こり国際社会の平衡が揺らぎ始めた今、実際に戦争に行った歌人の言葉を伝えなければと心動かされたことも、本書を手がけた動機のひとつだった。また人との接触が制限され、ひとりひとりが孤立を深めたこの時代に読まれるなら、『紅貝抄』に底流する社会からの疎外感、自分を置き去りにして巡りゆく季節の無常がいっそう心に響いてくるのではないだろうかと考えた。

発見した作品は公表できたので、今後は史実と資料を踏まえた石川信雄の論評が生れることを願っている。石川信雄は紛れもなく激動の昭和を写し取った証人であり、最期まで自己を痛めつけながら短歌の可能性を追い求めたポエジイ・タンキストだった。本書を校了し安堵すると同時に、これからはじまるという感懐がある。石川信雄の核心《エッセンス》に近づくため、引きつづき零れ落ちたものを拾い上げてゆきたい。

作品の復刻は多くの方々のご協力を得て、初めて実現した。佐佐木幸綱先生と竹柏会の方々、ながらみ書房社主及川隆彦さん、日本歌人クラブ名誉会長・藤原龍一郎さん、青磁社代表の永田淳さんのご支援には改めて感謝をお伝えしたい。さらに本作りの指針を仰いだ服部滋さん、希少誌を教えてくださった楠見朋彦さん、沖ななもさん、藤本朋世（早野臺気研究者）さんに深謝する。なお雁部貞夫さん、齋藤史さんのご長女伊藤章子さんは本書を心待ちにしてくださり、刊行への励みになった。

大陸での石川信雄の文学活動を知る契機は、中日文化誌『黄鳥』の復刻だった。それを縁に、中国における日本文学研究をされている関西学院大学大橋毅彦先生、北京外国語大学秦剛先生、同志社大学人文科学研究所竹松良明先生、立教大学石川巧先生、奈良大学木田隆文先生、常葉大学戸塚麻子先生と知遇を得て、ご支援で研究の視野が一際広がった。また佛教大学八木透先生にもご助力を仰いだ。

弘前学院大学の顧偉良先生からは、周作人（魯迅の令弟）へ宛てた信雄の手紙の複写をいただいた。その手紙をご教示下さった周作人の孫である周吉宜氏に、早稲田大学周作人国際学術シンポジウム（二〇一八年）にてお会いできたのはとても幸運だった。

立命館大学大学院先端総合学術研究科の故渡辺公三先生と小泉義之先生からは石川信雄の生きた時代を考察する上で多くの示唆を受けた。同人文科学研究所の島田龍さんとは詩人左川ちかを巡って接点があり、本書上梓にあたり書肆侃侃房を紹介していただいた。

国立国会図書館、中国国家図書館、日本現代詩歌文学館、日本近代文学館、立命館大学図書館（衣笠）、大阪府立図書館、神奈川県立図書館（尾崎文庫）、神奈川近代文学館、さいたま文学館、群馬県立土屋文明記念文学館、いわき市立草野心平記念文学館、かわうち草野心平記念館、奈良大学図書館などで文献を探し、それぞれの図書館・文学館で大変お世話になった。

振りかえると、信雄の妹・澄は物心両面で兄を支え、末の妹照子は『太白光』と『シネマ』の復刻に献身した。その役割を引継いだ私は『石川信雄著作集』『黄鳥』『石川信雄全歌集』の復刻・編纂に携わった。姉石川はるなは『水琴窟』（石河輝子小説集）・『水無瀬川』（石川輝子歌集、ながらみ書房）の装丁を担い、母の文筆活動全般を支えた。従兄の大竹勲氏、親戚の高篠文明氏からは大きな助力を頂いた。書肆侃侃房の藤枝大さんには刊行までお手数をかけた。

最後に、忍耐強く支えてくれた家族に感謝する。故篠弘先生に本書を捧ぐ。

■著者略歴

石川信雄（いしかわ・のぶお）

歌人、翻訳家。埼玉県出身。一九〇八年、石川組製糸分家の長男として出生。第二早稲田高等学院・早稲田大学政経学部在学中に植草甚一らと英語劇に熱中し、文学に傾倒する。三〇年に筏井嘉一らと「エスプリ」を創刊。続いて「短歌作品」と「日本歌人」の創刊に参画。大学中退後、三六年に第一歌集『シネマ』を刊行し注目を集める。同年に父が他界し、文藝春秋社に就職する。三九年に応召。第五一連隊から江蘇省に派遣され、翌年支那派遣軍総司令部報道部に転属する。汪兆銘政権下の南京で、草野心平と中日文化誌「黄鳥」を発行。四四年に土屋文明・加藤楸邨と中国大陸を横断する。戦後は多くの欧米文学者の小説を翻訳した。五〇年に第二次「短歌作品」を再刊すると同時に、「日本歌人」復刊に参加。五四年に第二歌集『太白光』を発行。六一年「宇宙風」短歌会創設。六四年死去。

■編者略歴

鈴木ひとみ（すずき・ひとみ）

京都市出身。石川信雄の姪。同志社女子大学卒業。ミネソタ大学、筑波大学大学院人文社会科学研究科、立命館大学大学院先端総合学術研究科で学ぶ。ヘイルストーン英語俳句サークル同人。共編著に『京都まちかど遺産めぐり』（ナカニシヤ出版）、『石川信雄著作集』（青磁社）、『黄鳥』（三人社）、『I WISH』ヘイルストーン英語俳句アンソロジー（代表編集スティーヴン・ギル）など。

石川信雄全歌集

二〇二四年十二月十五日　第一刷発行

著　者　石川信雄
編　者　鈴木ひとみ
発行者　池田雪
発行所　株式会社 書肆侃侃房（しょしかんかんぼう）
〒八一〇-〇〇四一
福岡市中央区大名二-八-十八-五〇一
TEL：〇九二-七三五-二八〇二
FAX：〇九二-七三五-二七九二
http://www.kankanbou.com　info@kankanbou.com

編　集　藤枝大
ブックデザイン　須山悠里
装　画　角田純
DTP　黒木留実
印刷・製本　モリモト印刷株式会社

ISBN978-4-86385-648-6　C0092